Wanderer, nur deine Spuren
sind der Weg und weiter nichts;
Wanderer, es gibt den Weg nicht,
er entsteht, wenn man ihn geht.
Erst im Gehen entsteht der Weg
und wendet man den Blick zurück,
so sieht man auf den Pfad,
den niemals erneut man je betritt.

(Antonio Machado)

# Hans Traxl

# Das alte Kramerhaus

## Spaziergänge
## durch Zeiten und Räume

www.tredition.de

© 2019 Hans Traxl

Verlag und Druck: tredition GmbH, Halenreie 40-44, 22359 Hamburg

ISBN
Paperback:   978-3-7497-3362-0
Hardcover:   978-3-7497-3363-7
e-Book:      978-3-7497-3364-4

# Das alte Kramerhaus

Das alte Kramerhaus ist ein Spiegel der Zeit.

Spaziert man durch das Haus und seine Räume, über den Dachboden und das Abgestandene, findet man Hinweise auf die Geschichte des Dorfes und der Region, der Bewohner und der eigenen Person.

Die Besitzer kamen und gingen und mit ihnen ihre Hoffnungen und Ängste. Unwetter und Überschwemmungen, Brände in der Nachbarschaft und Kriege, Umbauten und Abrisspläne hat das Haus überstanden und immer wieder Zuflucht und Heimat geboten. Es steht und wird stehen, zäh und beharrlich.

Funktionen und Aussehen des Hauses und der Räume ändern sich mit den Bewohnern. Die Immobilie wird beweglich, sie lädt zum Dialog ein, und neue Kapitel aus Zeit und Raum werden aufgeschlagen.

## Inhalt

# Spaziergänge durch Zeiten und Räume

Das alte Haus wird abgerissen. Fünfzig Jahre nach dem Beschluss meiner Eltern richte ich mich darin ein und schaue nach Wurzeln und Verästelungen dieses Gebäudes. Einem alten, knorrigen Baum gleich scheint es im Laufe der Jahrhunderte ein Eigenleben angenommen zu haben und tritt mir als individuelle Gestalt mit Würde und Anmut entgegen - trotz all seiner Kanten, Macken und Mängel, herausfordernd und einladend. Es breitet ein Panorama von Möglichkeiten vor mir aus, die zum Dialog führen mit gegenseitigen Angeboten und Beschränkungen. Ich taste mich vor, hier schauend und dort tuend, lasse mich auf Ungewisses ein und folge einer Idee, schemenhaft noch, und treffe immer wieder auf ein Gegenüber, das mich begleitet, bremst und anspornt.

Es kommt mir vor, als wolle das alte Kramerhaus Ernst Blochs Satz von der Heimat, die „allen in die Kindheit scheint und worin noch niemand war" lebendig und fassbar machen und mich vor Entscheidungen stellen. Ich flaniere nun durch die Zimmer und durch die Jahrhunderte, ganz im Sinne des italienischen „spaziare", ich „breite mich räumlich aus", ich „ergehe mich".

In den Pausen meines Spazierens durchs Haus lasse ich Gesehenes und Getanes Revue passieren, sinne hier und schaue dort, halte manches schriftlich fest. Dabei entstehen mit der Zeit und in der Auseinandersetzung zwischen dem alten Kramerhaus und mir Skizzen zu einer Biographie des Hauses auf drei miteinander verwobenen Ebenen: es kommt zu einem Trialog zwischen Recherchen zur Familien- und Dorfgeschichte mit Fundstücken vom Dachboden und deren Geschichte und mit Umbauarbeiten, die Statik und Charakter des Hauses verändern. Das Kramerhaus ist bei alledem die Immobilie, die mir seine Bewohner, seine Gegenstände und seine Bauweise darbietet, und durch die Annahme dieser Angebote wird es beweglich und verändert mich. Wir wachsen aneinander.

# Der Anfang

... ist ein dunkles Nichts. in der Haus- und Familiengeschichte. Zu unbedeutend die Kramer und Schneider für das Erzbistum Salzburg oder die bairischen Herzöge, zu gering die Abgaben und zu wenig auffällig die Leute in den großen Verläufen der Geschichte.

Das Dorf „villa Pidinga" mit seinen Höfen gehört urkundlich belegt bereits 735 zum Erzbistum Salzburg und bleibt in dessen Besitz, bis es 1810/1816 im Rahmen der Säkularisation und Neuordnung Europas auf dem Wiener Kongress (1815) zum neu entstandenen Königreich Baiern kommt. Ob sich der Alltag der Dörfler geändert hat? Ich weiß es nicht, glaube es aber auch nicht. Und vermutlich war es den Pidingern recht egal, dass König LudwigI. per Anordnung vom 20. Oktober 1825 die Schreibweise seines Landes änderte und das i durch ein „griechisches y" ersetzen ließ. Nun also Bayern. Kopfschütteln könnte die Begeisterung für Griechenland aber schon ausgelöst haben, zumal sein 16jähriger Sohn Otto 1832 König von Griechenland wurde. Dieser wurde 1815 im Schloss Mirabell zu Salzburg geboren, das gerade nach Jahrhunderten der Eigenständigkeit als Erzbistum für sechs Jahre zu Baiern gehörte. Als Griechenland seine Unabhängigkeit vom Osmanischen Reich erkämpft hatte, suchten die Großmächte der Zeit nach einem respektablen, dennoch nicht zu bedeutenden und nicht zu mächtigen Regenten. Die Machbalance im neu geordneten Europa sollten schließlich nicht gefährdet und das monarchische Prinzip gegen Volksbewegungen und demokratische Bestrebungen verteidigt werden. Die Wahl fiel auf Otto, war er doch im Geiste des Philhellenismus und der Restauration erzogen.

All dies und viel mehr konnten die Pidinger aus erster Hand beim Kirchgang, beim Ratschen im Kramerladen oder am Stammtisch beim Altwirt von Matthias Eder aus dem Ortsteil Urwies erfahren. Er hatte sich als gelernter Zimmerer 1833 zur Arbeit in Griechenland anwerben lassen und vier Jahre dort gelebt. Viel Exotisches und Fremdes wird er erzählt haben, wohl auch von finanziellen Engpässen und Widerständen gegen die absolutistische Regierungspolitik Ottos (so manches klingt wie ein Vorläufer der Euro – Krise 2015 ff.). Vielleicht hat er aber auch sehr Vertrautes berichtet, wurde doch das bairische Reinheitsgebot für Bier nun auch in Griechenland eingeführt und eröffnete der Brauer Karl Fuchs ein erstes kleines Bräuhaus in Iraklion, sein Sohn später die heute noch bestehende Athener Brauerei FIX.

Seelsorgerisch war Piding vom Kloster Höglwörth betreut, dann eine Nebenstelle der Pfarre Anger und wurde erst Mitte des 19. Jahrhunderts selbstständige Pfarrei. Und es war Grenzort: Über Staufen und Fuderheuberg hinweg, nach Staufenbrücke hinunter und entlang der Saalach bis Bichlbruck führte die Grenze zwischen Salzburg und Baiern. Noch heute finden sich auf beiden Seiten der Saalach, der „nassen Grenze", die Grenzsteine aus der Zeit nach 1816 mit KBG (königlich bairisches Gebiet) und mit KKÖG (kaiserlich-königlich österreichisches Gebiet). Der älteste Grenzstein der Region stammt aus der Staufenbrücke („Abteilung Steinbrüche") und ist mit 1574 datiert, er trägt die jeweiligen Wappen. Parallel zur Saalach führte die Salzstraße von Berchtesgaden über Bad Reichenhall durch Piding am Kramerhaus vorbei weiter Richtung Passau und Prag bzw. Traunstein und München.

Das Konzil von Trient läutete Mitte des 16. Jahrhunderts mit der Gegenreformation und der Offensive der katholischen Mächte auch eine umfassende schriftliche Erfassung der Untertanen ein. Die Urbare bilden dann die Grundlage für Besteuerung (Abgaben und Frondienste) und geregeltes Besitztum, für die Zahl der gläubigen Seelen und Untertanen, für das heutige Katasterwesen und die gerade wieder aktuelle Debatte über Grundsteuer und Besteuerung allgemein. Und sie bilden eine Quelle für Familien- und Dorfgeschichten wie auch für das alte Kramerhaus zu Piding und seine Bewohner.

Etwa zeitgleich werden Bürger ökonomisch wichtiger und etablieren Wirtschaftszweige neben der bäuerlichen Lehenswirtschaft und Selbstversorgung. Bürger ahmen den Adel nach und Wappen wie das Traxlsche Schneider - "Logo" entstehen. Von Reichenhall aus wird 1619 wegen Holzmangels eine hölzerne Soleleitung nach Traunstein gebaut und nun 400 Jahre später groß als erste „Pipeline" der Geschichte gefeiert. Zwar gibt es ältere Soleleitungen im Salzburger Land, hier aber wurden mittels Pumpwerken Höhenunterschiede überwunden und die Sole in hölzernen Rohren über 40 km hinweg in die neue Saline nach Traunstein befördert. Die Stadt expandiert und wird reich.

Langsam geht die Bauweise auch der Bürgerhäuser von Holz auf Stein über. Der Högler Sandstein wird abgebaut und findet sich neben der Verwendung in den Salzburger Sakralbauten auch im Alltag wieder, so auch später als Friedhofsmauer in Piding und als Bodenplatten und Fensterstürze im alten Kramerhaus.

Traxls sind als Schneider belegt in Anger und Urwies ab ca. 1600, das Kramerhaus neben der Kirche ist um 1620 erstmals erwähnt.

# Das alte Kramerhäusl

Das alte Haus sollte also in den späten 1960er Jahren abgerissen werden. Meine Eltern planten stattdessen einen praktischen und kleineren Neubau mit Heizungsraum, Garage und Lager unten sowie einer Einliegerwohnung für unsere Haushälterin Anni oben. Dies sollte ans neue Haus aus den 1950er Jahren anschließen und mit ihm eine Einheit bilden. Zu unwirtschaftlich schien ihnen das alte Kramerhaus und aus der Zeit gefallen.

Das Haus ist ein eigenartiges Gebilde. Ohne einen einzigen 90° Winkel orientiert sich der Grundriss außen an Straßenverlauf oder Friedhofsmauer und musste sich innen immer wieder den aktuellen Bedürfnissen anpassen. Meist ächzte es dabei wie der Igel im Wettlauf mit dem Hasen, weil sich Erwartungen schneller entwickeln, als sie ein schmaler Geldbeutel umsetzen kann. Zwischenmauern wurden gezogen zur Abdeckung von Heizungs- und Wasserleitungen für die einzelnen Zimmer, schiefe Decken begradigt mit Rigips- und Holzverkleidungen, eine Etagendusche eingebaut, die Heizung ausgebaut von den ersten Ölöfen bis zu einer zentralen Versorgung.

Zu viel wäre nun zu tun zwischen dem feuchten Keller und dem durchlässigen Dach, zu unbequem zeigten sich die engen und niedrigen Räume hinter dicken Mauern mit den kleinen Fenstern. Nichts entsprach mehr dem Stil und den Ansprüchen der Zeit. Und auch der altertümliche Charme erschloss sich nicht mehr allen Feriengästen, die über Jahrzehnte hinweg in großer Zahl aus dem Ruhrpott und dem Sauerland anreisten, um hier ihren Jahresurlaub zwischen Altwirt und Kirche mit Blick auf Untersberg und Lattengebirge über die Misthaufen der benachbarten Bauernhöfe hinweg zu verbringen. Ein Neuanfang also, so der Plan, ohne Vermietung und mit Konzentration auf den alt eingesessenen Lebensmittelladen im neuen Haus und die Poststelle im Hintereingang, die mein Vater einrichtete, als er die Maßschneiderei angesichts der übermächtigen Konkurrenz der Konfektionsläden aufgab und zum Posthalter umschulte.

Ich verstand es nicht und ahnte doch. Das alte Haus war eigentlich mein Zuhause, wenn ich auch mein Zimmer im neuen hatte. Aber alles Leben, die Küche und das Essen, das Wohnzimmer und die Hausbank, der Dachboden und die vielen Verstecke in den kleinen Winkel des Hauses waren der Ort meiner Kindheit. Hier fand ich mich blind zurecht. Ich wusste, wo und wie ich Oma und Anni ärgern konnte, stundenlang spielte ich auf dem Wohnzimmerteppich mit meinen Indianer- und Ritterfiguren und das Sofa diente Freunden und mir als Deckung und Fort, als wir einen Fernseher bekamen und eifrig bei „Rin Tin Tin", „Fury" oder „Am Fuß der blauen Berge" mitspielten und hinter den Kissen hervor mit unseren Platzpatronen auf die Bösewichter schossen. All das Traute vermischte sich mit dem schleichenden Verlassen der Kindheit in eine bedrückende Enge. Nun eckte ich an, spürte unbewusst die Mängel, fühlte mich beobachtet und gegängelt. Waren die Feriengäste der Kindheit willkommene Spielkameraden für Scherze und Erzählungen, für „Schwarzer Peter" und „Mensch ärgere dich nicht", so kamen sie mir nun wie fremde Eindringlinge und Besatzer vor, die mir mein Eigenes wegnahmen. Das eigene Erleben, das Schwinden von Heimat und Echtheit, von weg gezogenem Boden spiegelt sich in den Auswirkungen des Tourismus, nicht nur in Bayern. Ja, ich verstand den Plan wohl doch und billigte ihn, ungefragt.

"Dieses alte Kramerhäusl an der unversehrten alten Kirchhofsmauer zählt heute zu den wenigen historischen Baudenkmälern unserer Gemeinde. Das siedlungs-geschichtlich interessante Krämerhaus prägt zudem noch unser historisch gewachsenes Dorfbild." So der ehemalige Bürgermeister und Kreisheimatpfleger Max Wieser. Er sorgte dafür, dass der Bauplan im Gemeinderat abgelehnt und das Haus unter Denkmalschutz gestellt wurden. Meine Eltern machten dann - verärgert und doch unverdrossen - weiter, renovierten hier und besserten dort aus. Ein neuer Dachstuhl war nötig und die Ölheizung verlagerten sie vom Keller in einen neuen Heiz- und Waschraum anstelle einer alten Hütte, neue Fenster wurden eingebaut, schalldicht und isolierend. Selber war ich inzwischen ausgeflogen und nach Heidelberg zum Studieren gegangen, ohne die innere Verbindung zum Haus zu kappen. Die Verlagerung der Heizung war verbunden mit der Zuschüttung des Kellers. Ich hab's bedauert und träumte von einer, damals modischen, Bar in diesem alten und niedrigen Gewölbekeller, der nur durch eine Falltür aus dem ursprünglichen Laden heraus zu betreten war. Als Kind hatte ich an Sauerkrautfässern geschnuppert und später die Ölkannen einzeln hoch in die Zimmer geschleppt. Allein, es war kein Geld für eine vielleicht charmante, sicherlich aber nicht unbedingt nötige Spielerei da. Sanierung und Dämmung wären zu teuer gewesen. Ich nutzte aber etwas später die Chance und begann, den frei gewordenen Raum über dem ehemaligen Keller für mich einzurichten. Das gab mir die Chance, heim zu kommen und nicht ins Kinderzimmer zu müssen, meinen Kram da zu lassen und nicht von Familie oder Feriengästen gestört zu sein. Noch später wurde ich quasi selber enteignet. Meine Kinder Sophie und Luis reklamierten diesen Raum schnell als ihr Kinderzimmer, selbstverständlich und beharrlich, und komplimentierten mich in freie Fremdenzimmer. So war ich wieder Gast im Eigenen und tröstete mich damit, dass sie mir morgens einen Kaffee ans Bett brachten. Sie halfen mir, die Verbindung nicht abreißen zu lassen, und begleiteten meinen Hang zum Abschleifen von alten Kommoden und Schränken mit freundlicher Gelassenheit.

Jetzt, da sie längst eigene Wege gehen und selber dabei sind, Familie zu gründen, werkle ich im alten Kramerhaus und spüre Verknüpfungen nach. Werde ich sesshaft?

# Die Wiederverwertung - Rezyklat und Collage

Man nehme ein altes Haus mit all seinen Schrägen und Kanten, Farben und Vorhängen, Engen und Ecken, Geschichten und Chancen, dazu alte Möbel vom Flohmarkt und Gefundenes vom Dachboden, ergänze mit Neuem und Retro-Geräten, schaue sich in der Gegend bei kleinen Geschäften um, habe einen Baumarkt in der Nähe.

Und lasse Abschweifendes zu und fantasiere, wie wohl eine Münze von 1765 auf den Dachboden kam, welchen Weg eine von Kaiserslautern nach Wiesbaden geschickte Kommode bis nach Piding nahm, warum ein Nachtkästchen in Tittmoning hergestellt wurde, was wohl die Zeichen und Zahlen in der Dachkammer bedeuten, wer wohl wann die Treppe mit welchen Hoffnungen baute, welche Träume und Schmerzen die vielen Besitzer des Hauses hatten.

Und man vergesse all die Vorstellungen oder Visionen von Höhe, von Entkernung und Neubau, von Ausbau des Dachbodens, von durchflutendem Licht und mediterranem Flair.

Und man bleibe bei der Sehnsucht nach Weite und Atem für das Haus, für die Ecken und Nischen, für die Möbel – und für sich selbst. Und vertraue darauf, dass es sich schon lichten werde, dass man es schon richten könne.

Und man begnüge sich mit dem Machbaren und Finanzierbaren und nicht zuletzt mit den eigenen Möglichkeiten des Tuns und Organisierens. Und übe sich in Gelassenheit und Wachsenlassen, im Lassen, also Zulassen von Unfertigem und Ungesehenem und Ungeplantem. Es lebe die Dialektik aus Vision und Kompromiss, die oft ungeahnte und ungeplante Synthesen hervorbringt.

Dazu rühre man Farben und Spachtelmasse, föhne und schleife, bohre und hämmere, säge und schraube, streiche und räume, ... und werkle vor sich hin.

Und es entsteht eine Collage aus Vorhandenem mit Erneuerbarem und Neuem, ein eigenes Original. Ein neues Heim, eine Heimat.

Dann freue man sich weiter über Gefundenes und fühle sich bestätigt, wenn unter dem Begriff Rezyklat in der SZ eine neue architektonische Ära postuliert wird. Nach den in kühnen Bögen in die Höhe ragenden Bauwerken aus Stein in der Gotik und nach der nüchternen Größe der Gebäude aus Beton, Stahl und Glas der Moderne sei nun eine Epoche der Rezyklat – Bauweise angesagt: Häuser aus Müll und der Komposthaufen als zeitgenössische Bautypologie. Wenn das auch nüchtern und funktional, mindestens übertrieben klingen mag, lässt es sich doch mit einem Bonmot von Rem Koolhaas verbinden, der Schönheit als ein scheues Reh begreift, die eher zufällig als geplant entstehe. Nun ist das Empfinden für Schönheit natürlich sehr individuell, meine Vorfahren hatten da andere Vorstellungen als ich. Aber einer Architektur – Vorlesung an der Uni Salzburg, die ich parallel zum Werkeln höre, entnehme ich eine Korrespondenz von Schönheit und Qualität, für die es wiederum Parameter gebe: Es gehe um eine Verbindung von Raumerlebnis und Funktionalität, von Materialien und Belichtung. Hier finde ich einen Ansatz zur Erklärung, was mich – unbewusst erst und unreflektiert – bewegt

# Der Erlöser

„Jessas, der Jesus", so die Reaktion meiner Eltern, als ich eines Tages mit einer etwa 1 m großen Figur vom Dachboden kam. Er stand ursprünglich in einer Nische unter dem Dachgiebel auf der Nordseite des Hauses, der Kirche und dem Dorfplatz zugewandt, der das Oberdorf meiner Kindheit vom Unterdorf schied und doch zusammenhielt. Inzwischen war er ersetzt worden durch eine Gipsfigur, weil er einerseits witterungsbedingt arg mitgenommen war, anderseits aus Pietätsgründen nicht weggeworfen werden sollte. Auch war nicht ganz klar, ob er nicht vielleicht doch etwas wert wäre, was die zeitweise recht häufigen Kirchenräuber in der Gegend anlocken könnte.

Seine Arme sind ausgebreitet und leicht angewinkelt, in der linken Hand hält er eine Weltkugel mit dem Kreuz obendrauf, die rechte Hand öffnet sich mit Daumen, Zeige- und Mittelfinger zu einer segnenden Geste. Bekleidet ist er mit einem kragenlosen und wallenden Gewand, über das von der rechten Schulter herab sich ein Tuch in mehreren Faltenwürfen über den Körper und die linke Hüfte windet. Das Tuch erinnert an eine römische Toga, das Gewand mit seinen weiten und offenen Ärmeln ähnelt einem Pilgergewand oder einer Kutte ohne Kapuze, aus der am unteren Saum ein unbeschuhter Fuß herausschaut. Faltenwurf und Wallendes verleihen der Figur zusammen mit der leicht gedrehten Haltung des Unterkörpers und Fußes etwas Bewegtes und Dynamisches, sie geht auf einen zu. Der Kopf ist leicht nach rechts geneigt und stellt eine Achse, ein Pendant zum nach links austretendem Fuß dar. Wallende lange Haare und ein dichter Vollbart umrahmen das Gesicht mit den markanten Augenbrauen. Melancholisch wirkt es auf mich, sanft und ruhig. Auch hager mit eingefallenen Wangen, etwas ausgezehrt und müde. Und doch einladend und einnehmend.

So verwittert und verstaubt, wie er da auf dem Speicher steht, könnte er von Haltung und Ausdruck her auch als „Peace" murmelnder Hippie der späten 1960er Jahre durchgehen oder als ein ikonischer Che Guevara in seinen letzten Jahren. Erst später merke ich, woran mich das Gesicht noch und viel mehr erinnert. Es gibt ein Photo, auf dem mein Vater zusammen mit anderen entlassenen und heimkehrenden Kriegsgefangenen an einem Bahnhof zu sehen ist, mit einem zu großen und einfachen Anzug, einem Pappkoffer in der Hand und einer Fellmütze auf dem Kopf. Auch er schaut hier in sich gekehrt aus, allein unter all den anderen, unendlich müde und, ja, melancholisch, ohne große Zuversicht oder Freude. Diese Traurigkeit und Sprachlosigkeit über das Vergangene hat er sein Leben lang nicht ablegen können. Mit 17 Jahren zum Arbeitsdienst nach Frankreich, mit 19 Jahren an die Front nach Russland und dann kriegsgefangen und Zwangsarbeit leistend auf der Krim bis zum 25. Lebensjahr.

Ich sinne nach, was ich in der Zeit zwischen 17 und 25 gemacht habe.

Abitur, Studium und studentenbewegte Zeiten in Heidelberg, erste Lieben, mit 30 anderen jungen Leuten ein Kneipenkollektiv gegründet, endlos diskutiert, demonstriert und gelesen, mich treiben lassen ohne wirkliches Ziel oder Karrierebewusstsein. Schaue ich alte Photos an wie derzeit anlässlich unseres 40jährigen Kneipenjubiläums, dann sehe ich langhaarige und vollbärtige junge Männer, Frauen in Latzhosen und Batik-T-Shirts, arglose und unfertige Gesichter. Die einen wollten einen eigenen, befreiten Raum mit Hausrecht, andere suchten nach einem Platz für kulturelle Aktivitäten, manche strebten nach einer Ergänzung zum bisweilen öden Berufsleben. Alle wollten einfach etwas anderes tun, besser: etwas anders tun. Fröhlich und optimistisch. Es sollte ein eigenes Projekt sein, autonom und selbstverwaltet, basisdemokratisch und kollektiv. Ein Beispiel für ein richtiges Leben im falschen, das es laut Adorno nicht geben könne, aber unserer Meinung nach entstehen sollte. Die Kneipenidee war der gemeinsame Schnittpunkt, ein Minimalkonsens und Kompromiss vielleicht, und ein Ausgangspunkt. Es waren recht lockere und optimistische Zeiten in den späten 1970er Jahren. Und messe ich meine Lebensweise und die von Freunden an den Maßstäben, die heute an junge Leute gelegt werden, dann wundert es doch, dass alle etwas aus ihrem Leben gemacht haben, ganz ohne ECTS-Punkte und Change- oder Projektmanagement. So falsch kann der Weg mit Selbstbestimmtheit und Selbstwirksamkeit als Motto nicht gewesen sein, und Projekte haben wir ganz gut hinbekommen.

Langsam habe ich nun das Schweigen und die Entrücktheit meines Vaters ansatzweise verstanden, all die Stummheit neben Veteranenerzählungen und dem Hang zum Essen und Trinken ohne viel Bewegung. PTBS war noch kein Thema in meiner Kindheit und Jugend, die Männer und Frauen der Kriegsgeneration waren mit sich allein und manchmal auch verlassen. Ich gehe auf den Friedhof rüber und zünde eine Kerze an seinem Grab an.

Zurück zur Figur. Als ich mal wieder aus Mannheim nach Piding kam, mein Sohn war eben eingeschult worden, stöberte ich aus alter Gewohnheit auf dem Speicher rum und nahm sie wieder in die Hand. Gerührt und interessiert. Ein ehemaliger Schulkamerad aus den ersten Klassen der Volksschule, der mehr noch als ich unter dem Schreckensregiment unseres jähzornigen und schlagwütigen Lehrers der 3. Und 4. Klasse gelitten hatte, war Kirchenmaler und Restaurator geworden. Mit der Figur fuhr ich zu Martin und bat um eine erste Einschätzung, später um eine fundierte Untersuchung und gab letztlich die Restauration in Auftrag.

Die Erlöser – Figur ist aus Lindenholz gefertigt und stammt vermutlich aus dem 17. oder frühen 18. Jahrhundert, sie ist mehrfach, vorwiegend etwas grell und auffällig mit blauen und roten Farben, übermalt worden. Die Schichtuntersuchung ergab unter sechs späteren Varianten als erste Fassung ein golden farbiges Gewand und einen in Grün gehaltenen Überwurf, bei dem ockriges Grün die Außenseite und dunkleres Grün die Innenseite darstellte. Die Weltkugel war in Blau gehalten, das Kreuz darauf wiederum golden. So restauriert steht der Jesus derzeit im Schlafzimmer meiner Mutter, er wird irgendwann den Weg zurück ins alte Kramerhaus finden.

In Piding ist aus dem 18. Jahrhundert und später nur ein Künstler namentlich bekannt. Der als Tischlermeister registrierte Dominikus Plasisganik wurde 1726 in Großgmain geboren, war dreimal verheiratet und lebte im so genannten Wegmacherturm, einem kleinen Häuschen neben der Pidinger Ache, das recht schmal und hoch war, hoch genug, um hier Altäre und großformatige Bilder oder Statuen herzustellen. Ihm werden verschiedene sakrale Werke im weit ausgedehnten Herrschaftsbereich des Erzbistums Salzburg zugeschrieben, aber auch die Rokoko-Altäre und Figuren in der Pidinger Pfarrkirche im Rahmen des Neubaus ab 1756. Aus seiner Werkstatt oder seinem Umfeld könnte die Erlöserfigur stammen und mit Wohlgefallen und segnender Hand den Kirchenbau begleitet haben. Die Zunftregeln und Vorschriften waren nämlich recht genau und streng in dieser Epoche. Nicht jeder durfte tun, was er konnte oder wollte; so wurde Plasisganik zum Beispiel angezeigt wegen der angeblichen Restaurierung von Kirchenbänken im nahe gelegenen Hammerau – das falle nicht in seinen Beruf und schade den zuständigen Handwerkern.

Zum Ursprung der Figur aus der Zeit und Werkstatt des Plasisganik würde auch passen, dass die Hauserbin Maria Kirchler den Zimmermann Franz Renner heiratet und 1762 mit ins Urbar setzen lässt. Der Ausbau der Kirche fiel wohl in eine Zeit mit harten Wintern und kriegerischen Auseinandersetzungen wie dem österreichischen Erbfolgekrieg, während dessen das nahe gelegene Reichenhall 1742 besetzt und geplündert wurde - dies allerdings von österreichischen Truppen, und Piding gehörte zum Erzbistum Salzburg, blieb also von Kriegsfolgen wohl verschont.

Gut ist aber auch denkbar, dass bereits etwas früher Georg Kirchler der Urheber ist, ob nun selbst tätig oder als Auftraggeber. Er erhält als Kramer, Herberger, Spielmann und Maler 1731 die Baubewilligung für ein „Häusl mit zwei Feuerstätten" und 1734 für seinen Sohn die „Kramerei-Erbrechtsverwilligung" für einen Preis von zwei Schilling jährlich. Nun entsteht das Kramerhaus in seiner heutigen äußeren Form. Über der Nische mit der Erlöserfigur direkt unter dem Dachfirst befindet sich eine mit zwei Läden verschließbare, etwa 1,5 m hohe und breite Öffnung im Mauerwerk. Ich erinnere mich, noch als Kind die Rollen und Reste des Flaschenzuges gesehen zu haben, mit dessen Hilfe wohl Waren auf den Dachboden gehievt und dort in einem der beiden Holzverschläge gelagert wurden. Auf Straßenniveau gab es zwei schräge Rutschen in den Keller hinab für verderbliche und zu kühlende Produkte, und direkt darüber habe ich beim Abschlagen des Putzes im alten Ladenraum an der Wand einen zugemauerten Rundbogen gefunden, durch den man mit Karren Waren direkt ins Geschäft bringen oder von dort abholen konnte. Der Erlöser könnte hier beim Bau entstanden und zwischen die verschiedenen Lagerstätten platziert worden sein als Mittler und Schützer von Personen wie Warenverkehr, bis er seinen Dienst geleistet hatte und durch den Umzug des Ladens ins neuere Haus nicht mehr benötigt wurde. Verwittert und mitgenommen, rissig und beschädigt sah er aus, und doch hat er dreihundert Jahre all die Besitzerwechsel, Kriege und Unwetter überstanden. Jetzt glänzt er wieder.

# Der Wechsel der ersten hundert Jahre

In den ersten hundert schriftlich erfassten und damit bekannten Jahren bis 1731, als die Genehmigung für Errichtung eines „Kramerhauses mit zwei Feuerstätten" erteilt wurde, finden sich sechs verschiedene Besitzer ohne direkte Nachfolge oder Erbfolge. Am längsten besaßen Michael Birkl, Krämer in Anger, mit Frau Katharina und sechs Kindern das Haus, von 1660 bis 1708. Vor ihnen sind Jakob Rainer (Kramer), Johann Hannbaumer und Michael Lechner hier eingetragen, nach ihnen Michael Wallner mit Frau Maria. Letzterer stirbt 1742, er hat vorher das Haus weiter gegeben an Georg Kürchner oder Kirchler.

Ein Haus steht für Sesshaftigkeit und Nachhaltigkeit, nicht für Wechsel und Veränderung. Ich kenne die Beweggründe, die Hoffnungen und Enttäuschungen der Birkls und Rainers und Hannbaumers und Lechners und Wallners und Kirchlers nicht. Sie haben hier gelebt und gearbeitet, haben geheiratet und Kinder in die Welt gesetzt. Sie sind vergangen, aus dem Gedächtnis bzw. der Chronik verschwunden. Ein Blick in die Zeit mag Ansätze bieten.

Das 17. Jahrhundert begann mit der „kleinen Eiszeit", die bis ca. 1630 dauern sollte und sich im Dorf mit langen und harten Wintern (1614 und 1684 - 1687), mit Hochwassern im Sommer (1636 und 1647), mit Missernten (1622) und Hunger, mit Krankheiten und Pest (1625, 1651 und 1714) verband. Gering scheint da bei den paar Hundert Dorfbewohnern die Chance auf 10 oder gar 20 Jahre ohne existenzielle Bedrohung und Sorge.

Der 30jährige Krieg war in seinen Ausläufern auch hier in der Gegend zu spüren, wenn auch die großen Kampfhandlungen ein wenig nördlicher stattfanden. Es kam zu Einquartierungen und Plünderungen, Abgaben und marodierende Söldner gehörten zum Alltag. Nicht alles wurde gottgegeben hingenommen, wie Bauernaufstände im nahen Oberösterreich (1626) und eine „Bauern-Guerilla" in Solling (1633) zeigen. Ab 1662 herrscht Kurfürst

Max Emanuel über Baiern (bis 1722), ein Prototyp des absolutistischen Herrschers. Der „blaue König" mag Baiern nicht, er will König oder Kaiser werden, notfalls auch Thronnachfolger in Spanien oder Herrscher über die spanischen Niederlande. Alles lieber als Baiern. Das nutzt er lediglich als Ressource für seine politischen Ambitionen, als Geldquelle für repräsentative Hofhaltung und Bauten, als Grundlage für ein stehendes Heer und für Kriegszüge auf den Balkan (gegen den osmanischen Vorstoß auf Österreich 1685 ff.), im Pfälzischen Erbfolgekrieg (1688 – 1697) und im Spanischen Erbfolgekrieg (1701 – 1714). Das benachbarte Erzbistum Salzburg und das habsburgische Österreich waren in den Kriegen erst Verbündete, dann Gegner. Gering scheint da bei der Bevölkerung eines Grenzortes die Chance auf 10 oder gar 20 Jahre ohne kriegerische Bedrohung und existenzielle Sorge.

Seine Ambitionen scheitern übrigens. 1705 hatten österreichische Truppen München besetzt. Dagegen entwickelte sich eine Bewegung zur „Befreiung Münchens für unseren Fürsten" – in mehreren Marschsäulen machten sich aus dem Oberland kurz vor Weihnachten Freiwillige auf den Weg in die Hauptstadt, mit Enthusiasmus und wenig Bewaffnung. Die Bewegung war aber noch mehr. So tagte in Braunau am Inn, lange vor der Geburt Adolf Hitlers ebendort, im Jahre 1705 mit der „Landesdefension" die erste wirklich demokratische Vertretung der Neuzeit, an der alle Stände inklusive der Bauern beteiligt waren. Das legt nahe, dass es sich um einen Volksaufstand mit sozialen Hintergründen handelte, nicht nur um die Verteidigung des Fürsten oder einen Bauernaufstand. Der legendäre „Schmied von Kochel" soll einer der Anführer aus dem Oberland gewesen sein. Meist wird er als Hüne mit einem großen Hammer über der Schulter abgebildet, ohne dass Ironie oder Zweideutigkeit in der Heldendarstellung dabei gewollt sind: Schmied und Hammer gegen Soldaten und Musketen. Jedenfalls werden die Aufständischen vor den Toren Münchens gestoppt und vernichtend geschlagen in der „Mordweihnacht von Sendling". Max Emanuel sieht nun als Ausweg aus seinen schwindenden Chancen auf großmächtige Stellung den Tausch Baierns gegen die Niederlande. Auch dies scheitert, er kehrt nach München zurück, hält Hof und lässt standesgemäß Schlösser wie Nymphenburg und Schleißheim bauen. Gering scheint da bei Max Emanuel die Chance auf 10 oder gar 20 Jahre Regierung zum Wohle des Volkes.

Zurück zum Dorf. Schloss Staufeneck im Ortsteil Mauthausen war eine Verwaltungs- und Gerichtsstelle des Erzbistums Salzburg. Hier fanden in der heute noch vorhandenen Folterkammer die „peinlichen Befragungen" von Hexen und Zauberern statt, so auch gegen den „Schinderjackl" genannten Josef Koller. Er steht für eine neue Form von Hexenprozessen, nämlich gegen junge Männer und Bauernkinder, die sich heimatlos und hungernd zu Banden zusammenschlossen und als Gaukler und Bettler, wohl auch als Diebe, durch die Gegend zogen. Auf Staufeneck wurde 1678 neben anderen der „Zauberbub" Dominikus Renner vom Baderhaus in Piding (später Neuwirt) verhört, gefoltert und hingerichtet. Er ist entfernt verwandt mit Franz Renner, der 1762 durch seine Heirat mit Maria Kirchler das Kramerhaus besitzen wird. Von den 140 Hingerichteten zwischen 1675 und 1690 im Salzburger Gerichtsbezirk waren über 70% unter 20 Jahren und männlich. Die letzte Hinrichtung einer „Hexe" wird in Salzburg 1790 vermerkt und betraf ein 16jähriges, als „verwirrt" beschriebenes Mädchen. Gering scheinen da die Chancen für Jugendliche auf 10 oder gar 20 Jahre Entwicklung und Ausbildung ohne Hunger und Not.

Die Schicksale der Birkls und Rainers und Hannbaumers und Lechners und Wallners und Kirchlers kenne ich, wie gesagt, nicht. Auch nicht, welche der genannten Sorgen und Nöte sie bewegten, von welchen klimatischen oder wirtschaftlichen Schlägen sie getroffen wurden, an welchen kriegerischen Handlungen sie Teil hatten. Gering scheinen aber ihre Chancen auf 10 oder gar 20 Jahre friedliches und gedeihliches Leben gewesen zu sein.

Sie sind gegangen, vergangen. Das Haus steht. Es hat Unwetter und Hochwasser ebenso überstanden wie Kriege und den großen Brand, der 1890 die drei großen Bauernhöfe auf der anderen Straßenseite zerstörte. Und wenn es denn geschleift werden soll, holt es notfalls den Bürgermeister und Kreisheimatpfleger zusammen mit dem Denkmalschutz zu Hilfe.

Ein zähes Haus. Schau'mer mal nach den Chancen auf 10 oder gar 20 Jahre atmendes Leben hier.

# Der Durchbruch im Obergeschoss

Als Kind schlief ich manchmal im Bett meiner Oma. Kuschelig warm war's da im Winter unter der schweren Federdecke, wenn die Fenster in ihrem Schlafzimmer – kein Ofen war drin - beschlugen und Eisblumen bildeten. Und reichte die Decke gegen die Kälte nicht aus, wurde eine Wärmeflasche aus Kupfer mit heißem Wasser gefüllt; ich habe sie auf dem Dachboden wiedergefunden und die beiden schalenförmigen Hälften, zusammengelötet mit Zinn vermutlich, ein wenig poliert. Ein schlichtes Gefäß, das durch einen Deckel aus Messing mit einem kleinen Henkel daran verschlossen wurde. Leider verrät keine Prägung (außer „Kupfer spezial") etwas über Hersteller oder Zeit, im Internet wird ein ähnlicher Bettwärmer für 98 € angeboten. Die Wärmeflasche könnte aber etwa hundert Jahre, also die „Traxl – Zeit", im Haus sein, denn die uns heute bekannten Produkte aus Gummi gibt es seit den 1920er Jahren und wurden wahrscheinlich auch im Kramerladen angeboten. Warme Heimeligkeit verspricht sie schon beim Anschauen.

Ein Ort zum Träumen und Phantasieren. Vom Bett aus, den Hinterkopf nach Osten hin zur Straße gelegt und dem einfallenden Licht abgeneigt, schaute man auf einen wuchtigen, braunen Schrank, über dem sich ein schmalerer Türstock abzeichnete. Während einer der Renovierungsphasen wurde ein Ölofen aufgestellt, der Durchgang zum Nebenzimmer zugemauert und das Bett an diese neu entstandene, nun begradigte Wand gestellt. Nun schaute man vom Bett aus nach Osten Richtung Untersberg. Die alte Tür im Nebenzimmer blieb einfach stehen, von innen mit einem großen Schlüssel versperrt und so nicht mehr zugänglich. Ich will sie wieder offen haben.

Der Durchbruch, eigentlich einfach, wie ich dachte, ging anfangs ganz gut voran. Unerwartet aber war ein schräg und quer durch die Wand verlegtes Stromkabel, das bei der Arbeit riss und zum Zusammenbruch der Elektrik im ganzen Haus führte. Auch das

Herausfallen von Bruchsteinen und kleinem Füllmaterial und das Entstehen von Rissen in der Wand kosteten Zeit und Nerven. Aber nun konnte ich das Vermauern zeitlich datieren: Eine Tageszeitung vom 13. Juli 1973 hatten die Handwerker zur Erinnerung oder einfach so eingearbeitet. Gut 60 cm dick ist nun der Durchgang zwischen den beiden Zimmern. Ungewöhnlich für die Innenwand eines Hauses. Allerdings ist der Zugang von Flur zum Wohnzimmer im Erdgeschoss, direkt darunter, genauso dick. Und schaue ich zum Dachboden hoch, dann folgt da ein langer, arg mitgenommener Balken auf einer etwa 50 cm hohen Mauer der Linie der Wand darunter. Mir fällt nur eine Erklärung ein. Es handelt sich vermutlich um eine ursprüngliche Außenmauer - die Wände an der Ost- und Nordseite des Hauses sind ähnlich dick-, die bei einer Erweiterung des Hauses zur Innenmauer umgestaltet wurde. Es liegt nahe, dass ich hier im alten Teil des Hauses aus dem 16. Jahrhundert oder früher stehe, das dann 1731 mit der Baubewilligung eines Kramerhauses mit zwei Feuerstätten erweitert wurde. Dafür sprechen auch deutlich dünnere Wände im „neuen" Teil und ein unterschiedlicher Bodenbelag auf dem Dachboden; hier ist der alte Teil einfach gekiest über dem Fehlboden, während der neuere Teil mit Bodenplatten, aus den Sandsteinbrüchen vom Högl vermutlich, belegt ist.

Wo sich Barbara Mayr und Georg Kirchler ab 1731 zur Ruhe gelegt haben, wie sie die Räume im „Kramerhäusl mit zwei Feuerstätten" nutzten und wer mit ihnen noch hier lebte, weiß ich nicht. Das ehemalige Schlafzimmer meiner Oma ist jetzt ein helles und großes Zimmer mit vielen Büchern und Liegen, und mein Bett steht jetzt im Anbau mit Blick nach Osten, im ehemaligen Fremdenzimmer, das später Johann aus Slowenien auf Dauer bewohnen sollte. Durch den wieder hergestellten und meist offenen Durchgang ins Bücherzimmer schaue ich beim Aufwachen auf den ausladenden und bis zur Decke reichenden Benjamin Ficus, den ich als kleines Pflänzlein bei der Geburt meines Sohnes gekauft habe. Er hat Luis und Sophie in ihrem gemeinsamen Kinderzimmer in den ersten Jahren in Mannheim begleitet, jetzt erinnert er mich täglich an sie.

# Die Münze

Eine Münze mit der Jahreszahl 1765, einem Wappen und einem Friedrich Christian drauf fand ich als Kind auf dem Speicher. Kein Erwachsener interessierte sich dafür, mir war sie zu weit weg von meinen Abenteuern und Fantasien, fern von Rittern oder Indianern, hatte nichts zu tun mit Schwert oder Tomahawk, Friedenspfeife oder Schild. Also steckte ich sie wieder in eine Mauernische, bahnte mir weitere Wege durch all das staubige Gerümpel, das Generationen vor mir planlos abgestellt und der Vergessenheit anheim gegeben hatten. Ich kletterte über alte wurmstichige Kommoden, drang in Kleiderschränke mit faserigen Kleidern ein, fand penibel mit der Hand geschriebene Abrechnungen und einen Karton mit Kondolenzbriefen, bisweilen in rätselhafter Sütterlinschrift, zum Tod meines Großvaters im Jahre 1931; von denen löste ich die Briefmarken und legte eine Sammlung mit Schnurrbartgesichtern, Siegessäulen und Hakenkreuzen an, ohne ihre Bedeutung zu kennen. Ich staunte über die Ansammlung von Hunderten leerer Einmachgläser, stolperte über Kabel und zerlegte Betten, vorbei an Stühlen und Kartons mit Weihnachtsschmuck. Den alten Fleischwolf konnte ich kaum heben, auch nicht die Käseschneidemaschine, und die Waage mit einem Satz genormter Gewichte interessierte mich wenig. Ein Spielplatz einsamer Kindheitstage an regnerischen Nachmittagen, wenn der Wind durch den Dachboden pfiff und die Regentropfen auf das einfache und oft durchlässige Ziegeldach fielen.

Jetzt entdecke ich die Münze wieder und schaue genauer hin. Dieser Friedrich Christian regierte von 1763 bis 1769 das Fürstentum Bayreuth – Brandenburg, eine Seitenlinie der Hohenzollern, die bis ins 15. Jahrhundert hinein Burggrafen von Nürnberg waren und dann von Kaiser Sigismund für treue Dienste mit der Mark Brandenburg belehnt wurden: Der letzte Burggraf hatte auf dem Konstanzer Konzil 1415 Jan Hus auf seiner Flucht festgenommen und trotz des Versprechens eines freien Geleits zur Hinrichtung geführt. Die Logik der Mächtigen ist so einfach wie zynisch: das freie Geleit habe nur für den Hinweg gegolten.

Friedrich Christian scheint in seiner und für seine Zeit ein Sonderling gewesen zu sein, wenig interessiert an Hofhaltung und Militär, zurückgezogen und in sich gekehrt. Er führte ein einsames Leben ohne Ambitionen auf Regierung und Herrschaft, beerbte aber 1763 gänzlich unverhofft und unerwartet seinen wesentlich jüngeren Neffen. Was keiner gedacht hätte: Er wurde aktiv, fühlte sich als „erster Diener des Staates" und entwickelte ähnlich wie sein Altersgenosse und Verwandter, der preußische König Friedrich I., „der Große", ein eigenes und ehrgeiziges Regierungsprogramm, aber ohne Fokussierung auf die Armee. Er begann mit der Sanierung des Haushalts, ließ Münzen prägen und führte einen strengen Sparkurs ein, was allerdings auch, wie heute, zu sinkenden Investitionen in Infrastruktur, Bildung und Kultur führte; die Abwanderung von Künstlern und Wissenschaftlern aus der Universität Erlangen war eine Folge. Mit seinem Tod im Jahre 1769 erlosch die Linie, das Land ging an den Markgrafen von Ansbach über.

Wie die Münze mit seinem Konterfei wohl von Bayreuth nach Piding kam?

Vor Ort in Piding und in der ganzen Region erleben die Kramersleute Maria Kirchler und Franz Renner zu dieser Zeit harte Winter mit zugefrorenen Siedlungen und vereisten Seen, selbst der Chiemsee war bis in die Osterzeit begehbar. Wölfe heulten am Ortsrand, die Leute kauerten sich mit Sorgenfalten um ihre Öfen und nicht nur die Getreidepreise stiegen. Dabei hatten sich die Kramer viele Hoffnungen gemacht nach ihrer Heirat und nach der Übergabe des Hauses aus dem Erbe der Maria an ihren Ehemann. Nun aber lief das Geschäft gar nicht gut, Kinder ließen auf sich warten, und Überschwemmungen in den Sommern brachten zudem Hunger und Not, Krankheiten und Epidemien mit sich. Sie übergeben das Kramerhaus schließlich, kinderlos geblieben,

1784 als Erbe an eine Frau, an Maria Weingartner, und schlossen die sechs Stiefbrüder der Maria Kirchler vom Erbe aus. Die Gründe dafür sind nicht überliefert und wurden auch von der Obrigkeit nicht akzeptiert: Augustin, Rupert, Michael, Georg, Franz und Paul kamen ins Urbar, waren aber „außer Landes, unbewusst wo". Die sechs Stiefbrüder interessieren mich, sie tauchen aber in den hiesigen Chroniken nicht mehr auf.

Haben sie sich als Wilderer ihren Lebensunterhalt erschossen und sind in irgendeiner Schlucht ums Leben gekommen? Schließlich ist es die Zeit bekannter Außenseiter und populärer Gesetzesbrecher wie des „bairischen Hiasl", den Schiller in seiner Mannheimer Zeit zum Vorbild des Karl Mohr nimmt, und des Schinderhannes, der aus dem Hunsrück und damit aus einem Herrschaftsbereich der pfälzischen Wittelsbacher stammt. Diese hatten nach dem Aussterben der bairischen Linie der Wittelsbacher, kurz nach dem Tod Friedrich Christians, das ungeliebte, weil rückständige, aber durch die Kurfürstenwürde renommierte Baiern übernommen. Karl Theodor zog mit Familie und Gefolge, mit Sack und Pack aus dem modernen Mannheim ins provinzielle München.

Oder haben sie sich Banden junger Männer angeschlossen, die in der Not ihr Auskommen durch Gaukeleien, Betteln und Stehlen suchten? Das übliche Erbrecht kam nur dem Erstgeborenen in direkter Linie zu Gute, und die strengen Zunftbestimmungen mit Lehrgeld für den Meister boten wenig Chancen auf Ausbildung und Ausübung eines Gewerbes. Die Nachgeborenen mussten sich als Knechte verdingen oder als Tagelöhner ihr Dasein fristen, wenn sie denn jemand aufnahm. Suchten sie Wege am Rand der Gesellschaft oder außerhalb, wurden sie häufig als „Zauberer" verfolgt wie Hexen. Entsprechende Prozesse vor allem gegen Jugendliche und junge Männer gab es ja in Salzburg und in der im Ortsteil Mauthausen liegenden Burg Staufeneck knapp hundert Jahre früher.

Oder ließen sie sich die sechs Brüder als Soldaten anwerben und waren gar bei den 2300 Soldaten, die der Markgraf von Ansbach an Großbritannien vermietete zum Kampf gegen die aufständischen Kolonisten in Amerika? Er brach mit dem Sparkurs Friedrich Christians und fand mit dem menschlichen Leasing – Geschäft eine frühe Form militärischer Leiharbeit und eine lukrative Einnahmequelle. Waren die Stiefbrüder damit auch Vorläufer bairischer Auswanderungswellen nach Amerika im 19. Jahrhundert? Immerhin suchten über 140.000 Bayern einen Weg aus Not oder politischer Verfolgung in den USA.

Die Brüder verlieren sich in der Geschichte, namenlos und ohne eine Erzählung hier hinterlassend. Hat einer von ihnen, auf welchem Wege auch immer, die Münze zu Maria gebracht?

Die Münze selber ist wenig wert. Sie wird im Internet mit ca. 50€ gehandelt.

Sie ist mir ans Herz gewachsen, spannend wie die Ritter- und Indianergeschichten der Kindheit.

# Neuanfänge

Anfang des 18. Jh.s haben sich die Verhältnisse ein wenig beruhigt.

Die kleine Eiszeit geht ihrem Ende entgegen und die Pest läuft langsam aus, die Kriege erlahmen oder finden weiter weg statt bzw. sehen Piding auf der Gewinnerseite. Für einen wirtschaftlichen Aufschwung spricht neben dem Neubau von Kirche und Pfarrhof auch die Übernahme von Högler Sandsteinbrüchen durch die erfolgreiche Unternehmerfamilie Doppler aus dem Salzburger Stadtteil Himmelreich.

Und die Ausweisung der Protestanten aus dem ganzen Erzbistum Salzburg 1731 dürfte zu Aufträgen und wirtschaftlichen Chancen für nahe gelegene Orte, viele Gewerke und andere Bevölkerungsschichten geführt haben. Immerhin wurden etwa 20.000 Personen des Landes verwiesen, beginnend mit einem Tross von Mägden und Knechten, dem 1732 Handwerker- und Bauernfamilien in 16 organisierten Zügen und schließlich Kaufleute und bürgerliche Berufe mit Ziel Brandenburg folgten. Dort prägten sie gemeinsam mit den 50 Jahre vorher aus Frankreich kommenden Hugenotten die Entwicklung des Landes und den Aufstieg der Hohenzollern und Preußens zur Großmacht maßgeblich. Der Aderlass für Salzburg, der Verlust an Arbeitskraft, Wissen und Verbindungen muss enorm gewesen sein, denn die Stadt selbst hatte zu dieser Zeit etwa 15.000 Einwohner.

Georg Kürchner oder Kirchler kann mit seiner Vielseitigkeit als Kramer und Maler, Herberger und Spielmann stellvertretend für die günstige Situation stehen und von ihr profitieren. Er übernimmt ja, ebenfalls 1731, das Haus und erhält die Baubewilligung für das Kramerhaus mit zwei Feuerstätten. Solides und Spielerisches, wirtschaftliches Denken und künstlerische Fähigkeiten vereinen sich in ihm und er begründet die erste längere Kontinuität der Hausbesitzer und Bewohner.

Nahezu parallel richtet die Angerer Schneiderfamilie Traxl erstmals nachweisbar ihren Blick nach Piding: Ein Thomas Traxl heiratet 1737 Gertraud Schweiger, eine Schmiedstochter zu Piding. Und sie richten sich nun auch in Piding im ehemaligen Ohnerbauer Hof ein, der im 20. Jahrhundert abgerissen und dem Parkplatz des Kaufhauses Traxl weichen musste. Vor Thomas Traxl hatte übrigens Georg Kirchler in diesem Hof gewohnt.

Die Kirchlers halten das Kramerhaus bis 1784, es geht dann für die nächsten 100 Jahre an Josef Obermayr und seine Nachfahren über. Er heiratet ins Haus ein, das Maria Weingartner von den kinderlosen Maria Kirchler und Franz Renner geerbt hatte. Der Name Maria Weingartner verwirrt mich, er taucht des Öfteren in den Chroniken auf, nicht immer aber kann es dieselbe sein. So könnte die Wagnerstochter Maria eine Nichte von Franz Renner gewesen sein, nahezu zeitgleich lebte aber eine Maria Weingartner von 1770 bis 1842 als Frau des Zimmermanns Balthasar Traxl im Ortsteil Urwies, wo sie 1792 das dortige „Schneiderhäusl" übernehmen. Jedenfalls wird Joseph Obermayr 1784 Besitzer des Hauses, gibt es an seinen Sohn weiter, dessen Tochter, wieder eine Anna Maria, den Johann Baptist Fuchs heiratet und zum Besitzer macht (1868); dieser wird mehrfach Witwer, verkauft dann 1902 an Otto Müller, dieser schließlich 1904 an den ersten Traxl im Haus, die bis heute präsent sind.

Die nach den häufigen Besitzerwechseln in den ersten ca. 100 Jahren nun eintretenden Phasen der Kontinuität werden durch Erbfolge und Verwandtschaft geprägt. Es fällt dabei auf, dass mehrfach eine Frau erbt und dann ihren Mann oder Sohn ins Urbar setzt:

Maria Kirchler wird 1746 Hausbesitzerin, nachdem ihr Bruder Johannes darauf verzichtet hatte, sie übergibt 1762 an ihren Ehemann Franz Renner. Die beiden haben keine Kinder und bestimmen Maria Weingartner zur Erbin, die 1784 ihren Mann Josef Obermayr ins Urbar setzen lässt. Sie stirbt bereits 1790, und die als Erben vorgesehenen Kinder, noch minderjährig und durch einen „Gerhaber" (Vormund) vertreten, verzichten zu Gunsten ihres Vaters. Dessen Enkelin aus zweiter Ehe, Anna Maria Obermayr, gibt knapp hundert Jahre später das Haus 1868 weiter an Johann Baptist Fuchs. Im 20. Jahrhundert schließlich übergeben noch zu Lebzeiten die verwitweten Elisabeth und später Marlene Traxl das Haus an ihre Söhne, beide Johann getauft.

Die letzten beiden Übergaben kann ich nachvollziehen. Zur Übernahme des Hauses gehörten Lasten und auch Schulden, und die Frauen waren bzw. sind vertraglich über Wohnrecht und Dauerauftrag abgesichert. Wie sieht es aber mit Maria Kirchler, Maria Weingartner und Anna Maria Obermayr aus? Folgten sie einfach der Gewohnheit und dem Brauch, wie es halt so war, oder mussten sie ihren Besitz weitergeben, weil sie nicht geschäftsfähig waren? Immerhin wollte noch in den Anfängen des 20. Jh.s den Erzählungen meiner Mutter zufolge der von Bauern gestellte Gemeinderat eine Frau („die Schmiedin") mit ihren drei Kindern aus der Gemeinde ausweisen und in ein Armenhaus überführen. Ihr Mann, der alte Schmiedemeister, war gestorben, die Gemeinde wollte sich einer möglichen, angeblich drohenden Unterhaltspflicht entziehen, obwohl die Schmiede gut lief. Erst ein aufwändiges Gerichtsverfahren und die Anstellung eines Lehrgesellen verhinderten das. Ob es nun wirklich nur um die Sorge einer finanziellen Belastung für die Gemeinde ging oder ob der ein oder andere Bauer seine Blicke auf die Schmiede und dazu gehörendes Land geworfen hatte?

Immer wieder auch eine Maria als Erbin. Klar, der Name ist gebräuchlich und wird oft in der Familie weitergegeben, aber dennoch scheint Maria die Haus - Frau geworden zu sein. Überhaupt spielen die Frauen im Haus und auch in meinem Leben eine recht dominante und prägende Rolle, wuchs ich doch als Einzelkind in einem Haushalt mit einem ich sich gekehrten, oft stummen Vater und drei starken, aus sich und nach außen wirkenden Frauen auf.

Anni wurde mal als Hausmädchen, mal als Haushälterin bezeichnet. Sie stammte von einem Bauernhof in Niederbayern und musste Anfang der 1950er Jahre in Stellung gehen, wie man es damals nannte, nachdem sich die Heiratspläne mit einem benachbarten Bauern zerschlagen hatten und sie nicht als Magd auf dem Hof ihres heiratenden Bruders bleiben wollte und konnte. Sie kochte und buk auf dem Holzherd, spülte und wusch ohne die heute selbstverständlichen Geräte wie Wasch- und Spülmaschine, besorgte die Zimmer für Familie und Feriengäste, fuhr morgens Semmeln und Zeitungen aus. Sie war immer da, die Seele des Hauses. Nur am Mittwochnachmittag hatte sie frei. Da machte sie sich zurecht, radelte in die Stadt und ließ sich Kaffee und Kuchen servieren – und ich wartete als Kind sehnsüchtig auf ihre Rückkehr, brachte sie doch immer eine Tageszeitung mit, in der ein schmaler Streifen mit Prinz Eisenherz – Comics stand, die ich ausschnitt, sammelte und in ein Heft einklebte. Sie war Angestellte und doch die heimliche oder offene Regentin des Hauses.

Meine Oma als Hausherrin und „Kramer Lisl" arbeitete, in ihre weiße, gestärkte Schürze gewandet, im Laden und hielt Hof. Sie hatte Kinder und Geschäft nach dem Tod ihres Mannes 1931 über Kriegsjahre und Nachkriegszeit gebracht und führte ein offenes Haus auch für meine Tante und ihre vier Kinder und sonntags nach der Messe auch für die Patres, die gerne zum Mittagessen kamen. Täglich ging sie in die Kirche und saß an ihrem angestammten Platz. Ihr Geschäftssinn war allerdings nicht so sehr ausgeprägt. Aus der Inflation von 1923 und der Weltwirtschaftskrise von 1929 hatte sie betriebswirtschaftlich wenig gelernt, hier wie bei der Währungsreform von 1948 verlor sie das gehortete Bargeld. Sie verwechselte dann gerade in der Zeit des allgemeinen Aufschwungs und so genannten Wirtschaftswunders die Einnahmen mit dem Gewinn, glaubte an einen von selbst laufenden Fortschritt und häufte Schulden an, die sehr nahe an die Insolvenz führten. Meine Eltern hatten ihr ganzes Arbeitsleben damit zu tun, diese abzutragen; sie gingen in Rente, als es weitgehend geschafft war, und ich habe eine fast traumatische Phobie vor Schulden entwickelt.

Meine Mutter, auch eine Maria mit Magdalena als zweiten Vornamen, war immer die Marlene. Sie stammt von einem Bauernhof aus dem Ortsteil Mauthausen und war von Kind an in der Landwirtschaft tätig. Mitarbeit im Stall und im Haushalt vor und nach der Schule waren selbstverständlich, ebenso auch das Mähen der zum Hof gehörenden Wiesen am Fuße des Schlosses Staufeneck um 4 Uhr morgens. Im Meierhof des Schlosses fanden unter der Leitung der Schlosserbin die Treffen des Bundes Deutscher Mädel (BDM) statt, zu denen sie gerne ging. Plaudern, Wandern und Singen waren eine willkommene Abwechslung und Pause vom Alltag, von denen sie noch immer gern erzählt. Sie war eine gute Schülerin und wurde handstreichartig von einer Tante – gegen den Willen ihres Vaters, der keine Arbeitskraft verlieren wollte – auf der Mittelschule in Bad Reichenhall bei den „Englischen Fräuleins" angemeldet und absolvierte dort die Mittlere Reife. Damit war sie die erste in beiden Familienzweigen, die diesen Schulabschluss erreichte. Es folgten Ausbildung und Arbeit auf dem Bahnhof noch in Kriegszeiten und bei der Gemeindeverwaltung nach 1945, wo sie u.a. das Kommen und Gehen im so genannten Lager zu registrieren hatte. Nebenbei unternahm sie viele Bergtouren in der Umgebung, oft allein oder mit einer Freundin, manchmal auch mit Burschen dabei. Mit der Heirat meines Vaters gab sie dies alles auf und arbeitete ganztägig im Laden. Dort stand sie unter der Beobachtung und Fuchtel meiner Oma, schaffte sich aber aus der vermeintlichen Opferrolle und Unterordnung mit der ihr eigenen Umtriebigkeit und rastlosen Aktivität eigene Räume und ihren Stil. Als Kind hatte ich mir oft mehr Mutterzeit gewünscht und Ladengeschäft wie Pensionsbetrieb zum Teufel gewünscht. Immer gingen Kunden vor. Anderseits war sie liebevoll präsent, hat sich gekümmert und mir gemeinsam mit meinem Vater Freiräume gelassen und den Weg ins Gymnasium und zum

Studium nach Kräften unterstützt, auch wenn unsere Vorstellungen immer weiter auseinander gingen. Und ich hatte das ganze Haus (wenn auch nicht ein ganzes Dorf, wie ein afrikanisches Sprichwort es für die Entwicklung eines Kindes für nötig hält) mit all seinen Personen, Anregungen und Nischen für mich, für meine Phantasien und Ideen. Erst mit der Zeit merkte ich, dass so ihr Kampf um Selbstbestimmtheit und eigenes Leben aussah, ein Kampf, den sie führen musste um sich nicht aufzugeben. Ähnlich aufopfernd wie bei der Arbeit pflegte sie meinen Vater in seiner langen Krankheit vor dem Tod und führte dann als Rentnerin nach der Verpachtung des Ladens ein recht selbstständiges und zufriedenes Leben, verbunden mit Ort und Leuten und mit vielen kleinen und großen Reisen. Die Sorge ums Haus habe ich ihr längst abgenommen, jetzt ist seit letztem Herbst die Rolle des Pflegenden auf mich übergegangen.

# Die Treppe

Staub legt einen milchigen Schleier übers Treppenhaus. Er kriecht in jede Pore der Tapete, in Augen und Nasenlöcher, legt sich auf die kleinste Fläche, dringt durch Schlüsselloch und Atemschutz. Klebt. Drückt. Schweres Keuchen.

Seltsam gekrümmt im engen Treppenhaus liegend und knieend kratze ich mit Fön und Schaber in der Hand an der Treppenfarbe. Heiße Luftströme und gleichmäßiges Surren, glühende Farbreste und Rauchschwaden füllen Minuten und Stunden. Der Rücken schmerzt. Die Spachtel setzt an aufgeworfenen Blasen an, Holzmaserungen scheinen langsam durch und drängen ans Licht. Gleichmäßiges der Farbe hinterher Werken und grantiges Hobeln an sperrigen Stellen im Wechselschritt. Dampf setzt sich im Kopf ab. Meditation wird zum Tran. Denken setzt aus. Es geht voran.

Dann Bandschleifer und Exenterschleifer, laut und aggressiv. Ein Kampf. Splitterndes Holz und störrische Astlöcher weichen. Zu spät zum Aufhören längst, es wird persönlich – Du oder ich, wer setzt sich durch. Meniskusbeschwerden und Schulterzerrung schwinden aus der Wahrnehmung. Seltsam bleiche und nackige Stufen zeigen den Erfolg. Erschöpft beginnen Stufen nach dem Staubsaugen zu atmen, blinzeln schüchtern noch und verblüfft umher. Beginnen zu leben. Der Blick nach oben misst die verbleibende Strecke. Es geht weiter.

Warum das alles? Woher die tiefe Abneigung gegen die braunen Lackschichten, über ästhetisches Unwohlsein weit hinausgehend? Auch die ironische Bemerkung eines ehemaligen Schulkameraden, braun sei doch jetzt modern, reicht bestenfalls zur Rationalisierung. Ein Generationenkonflikt, die braune Gesinnung abschleifen und das Gute zum Vorschein bringen? Braun als Zustand, nicht als Farbe, den es zu überwinden gilt?

Ist braun eine Farbe? Nicht im Regenbogen, nicht am Himmel oder im Licht. Auf dem Boden und im Herbst finden wir braun.

Geerdet und zurückgezogen nimmt es uns auf und umhüllt uns. Der Boden gibt Sicherheit, der Herbst lässt die Türen verschließen vor Wind und Wetter und hoffen aufs Frühjahr, wenn der Wechsel der Jahreszeiten neue Triebe und Früchte empor schießen lässt. Wärme und Heimeligkeit vermittelt braun und gleichzeitig Anspruchslosigkeit, verbunden mit Schicksalsergebenheit. Braun steht damit auch für Dunkelheit und Enge, die sich über Gefühle legen und drücken, das Außen aussperren und Stirn und Herz eng machen.

Kam man durch die Haustür, war die Treppe direkt vor einem; braun, schwer und massiv mit ihren schmalen und sehr steilen Stufen nach oben ins Obergeschoss, linkerhand ein dazu passendes Geländer und oben verengte sie sich durch ein kleines Geländer und einen schmalen Durchgang nach links in ein Zimmer, das lange an Feriengäste vermietet wurde, bis Johann aus dem damaligen Jugoslawien hier einzog und dauerhaft wohnte.

Er begann als damals so genannter Gastarbeiter und Baggerführer, blieb über 20 Jahre im Haus und gehörte einfach dazu. Immer freundlich und hilfsbereit war er, und er schenkte regelmäßig vom selbst gebrannten Schnaps ein, den man nur in Maßen ohne Kopfweh am nächsten Tag genießen konnte. „Mein Obstler ist wie Medizin", sagte er mit leisem Lächeln dazu, „ein Glas tut gut". Ein feiner Mensch. Fleißig arbeitete er hier in der Gegend und an den Wochenenden im heimatlichen Slowenien am eigenen Haus, das er mit Rentenbeginn zusammen mit seiner Familie beziehen konnte. Damit erfüllte er sich seinen Traum vom Eigenen. Ein Lebenstraum, den er leider wegen schwerer Erkrankung und frühen Todes nur kurze Zeit genießen konnte.

Jetzt ist dieser schmale Steg in sein ehemaliges Zimmer abgetragen. Ich habe eine Mauer durchbrochen, einen anderen Zugang vom kleinen Nebenzimmer mit Balkon geschaffen und dieses Zimmer mit Blick auf Staufen und Friedhof zu meinem Schlafzimmer gemacht. Auch das Geländer ist weg. Ganz einfach dachte ich, aber die 30 cm langen Zimmermannsnägel, mit denen er auf Stützen und in der Wand verankert war, haben mich einiges an Zeit und Mühe gekostet. Stattdessen halte ich mich jetzt beim Hochgehen an einem schmalen Handlauf fest, der dafür nie gedacht und gemacht war. Eine knapp drei Meter lange, blau und weiß gestrichene Fahnenstange habe ich vom Dachboden geholt, abgeschliffen und eingeölt. Sie ist die größte der drei Stangen, die jahrhundertelang an Prozessionstagen wie Fronleichnam oder bei Dorffesten aus Dachboden und Fenster gehievt wurden und blau– weiße Fahnen fast bis zur Straße runter flattern ließen.

Hell und leicht wirkt die Treppe nun und verbindet mein Arbeitszimmer mit dem blau gestrichenen Vorraum zum Schlafzimmer. Beim Hochgehen denke ich manchmal an den schon eingangs erwähnten Ernst Bloch; für ihn ist Heimat ein Noch-Nicht-Ort, vertraut und doch unbetreten, erhofft und doch unbekannt. Daraus entstehen bei der Annäherung an den Ort und beim Spaziergang im Ort Spannung und Dynamik, die sich nur im Tun produktiv erleben lassen. John Williams beschreibt dies in seinem Roman „Stoner" sehr treffend; ich finde mich wieder in diesem etwas schrulligen Lehrer, der beim Bearbeiten alter Bretter für ein Regal das raue Äußere verschwinden und das eigentliche Holz zum Vorschein kommen lässt, sich an Maserung und Struktur so freut wie am Geruch des Öles beim Behandeln. Und wie er bin ich selbst es, der über die neue Gestalt und Ordnung der Materialien zu sich findet und da ist.

Verstehe ich Heimat also nicht als einen festen Standort, nicht statisch wie viele aktuelle „Alternativen" und Leitkulturanhänger, Nationalisten und Integrationisten, dann muss und kann ich sie mir selber aneignen und mit ihr gehen vom Ort der Geburt hin zum besseren Dasein im Dann-Doch-Ort. Dafür ist die Treppe jetzt gut.

# Die Kinder

Es waren derer viele, nur wenige kamen durch die ersten Jahre.

Für das Kramerhaus gibt es erst ab 1784 Aufzeichnungen über Geburts- und Sterbedaten. Joseph Obermayr hatte Ende des 18. Jahrhunderts mit Maria Weingartner drei Kinder, von denen nur Anna Maria erwachsen wurde und heiratete; aus seiner zweiten Ehe mit Maria Barbara Jud aus Rauris überlebten von den sechs weiteren Kindern immerhin drei die Kindheit. Sein Sohn und Nachfolger Joseph Joachim Obermayr zeugte in der ersten Hälfte des 19. Jahrhunderts mit seiner Frau Anna Maria Reiter neun Kinder, von denen fünf noch im ersten Lebensjahr starben; zwei weitere wurden nicht älter als 25 Jahre.

Für den Fink – Kammerhof, an dessen Stelle nach 1891 das sogenannte Stamm- und Kaufhaus der Familie Traxl entstand, gibt es weiter zurückreichende Aufzeichnungen. So hatten Bartolomäus Fischer und Gertraud, geb. Hinzlhofer, zwischen 1685 und 1709 dreizehn Kinder und mussten acht Kindstode beklagen. Ihr überlebender Sohn Peter muss mit seiner Frau Anna, geb. Unverdorben, alle sechs Kinder (1727 – 1734) kurz nach der Geburt begraben. Nach ihnen bewirtschaften Wolfgang Gschwendtner und Maria, geb. Obermayr, den Hof und zeugen von 1735 bis 1750 zehn Kinder, von denen vier ins Erwachsenenalter kommen. Ihre Nachfolger Rupert Rehrl und Elisabeth, geb. Gschwendtner, teilen in den Jahren 1759 bis 1765 das Schicksal von Peter und Anna Fischer: alle fünf Kinder sterben früh. 1799 kauft Anton Hinterstoißer, ein entfernt verwandter Vorfahr meiner Mutter, das Anwesen und bekommt mit seiner Frau Maria, geb. Buchreiter, zwischen 1812 und 1828 neun Kinder, von denen sie sieben kurz nach der Geburt begraben müssen. Ihr Sohn Anton zeugt mit Anna Maria, geb. Reinbacher, drei Kinder. Zwei sterben gleich nach der Geburt, Anna Maria stirbt kurz nach der Geburt ihrer Tochter Elisabeth im Jahre 1845. Auch die erste Traxl – Familie im Hof muss von den sechs Kindern (1893 – 1899) drei in den ersten Tagen zu Grabe tragen.

Nüchtern die Zahlen und erschreckend. Für die beiden Häuser lässt sich die Überlebenschance von Neugeborenen bis zum Beginn des 20. Jahrhunderts berechnen. Sie beträgt 33 %. Die Sterbewahrscheinlichkeit liegt demgemäß bei 77 %. Ein Blick in die Hofchroniken anderer Häuser im Dorf zeigt ein ganz ähnliches Bild, ob nun beim Kramer oder Wirt, bei Bauern oder Handwerkern.

Ich hatte zudem vermutet, dass früher, in den drei Jahrhunderten zwischen 1600 und 1900, recht früh geheiratet wurde, Frauen häufig bei der Geburt ums Leben kamen und die Lebenserwartung allgemein gering war. Das lässt sich aber nicht halten.

In aller Regel bekamen die Frauen ihre Kinder im Alter zwischen Mitte 20 und Ende 30; eine kleine Ausnahme bildet vielleicht Maria Barbara Jud, die den verwitweten Joseph Obermayr heiratet und ihren ersten Sohn Johann Baptist 1791 mit 35 Jahren auf die Welt bringt und noch mit 43 Jahren Mutter wird.

In den beiden Häusern sind in jeweils zehn Generationen, also bei 20 Familiengründungen lediglich zwei Frauen bei oder kurz nach der Geburt ihres Kindes gestorben.

Im Kramerhaus wurden die Frauen bis zu 90 Jahre alt, im Schnitt lag ihre Lebenszeit bei 65 Jahren, die der Männer bei 58 Jahren. Ähnlich alt wurde die Elternpaare im Fink – Kammerhof, die Männer kommen im Schnitt auf 73 Jahre, die Frauen auf 60 Jahre. Letzteres ist stark durch die beiden Tode bei Geburt mit 29 bzw 34 Jahren beeinflusst. Spitzenreiter sind hier eine 82jährige Frau und ein 88jähriger Mann.

Verbindet man Kindersterblichkeit mit Lebenserwartung, ist der Schluss einfach. Kleine Kinder hatten eine geringe Überlebenschance, wer aber durch Kindheit und Jugend kam und eine Familie gründete, konnte auf ein langes Leben hoffen. Berücksichtigt sind allerdings hier nur die Familien gründenden Eheleute, nicht

Ledige und vom Erbrecht der Primogenitur Ausgeschlossene, nicht Mägde und Knechte, nicht Gesellen und fahrendes Volk. Der Schluss muss also präzisiert werden: Wer erwachsen wurde, Hausbesitz hatte und heiratete, konnte länger leben, auf die Schwachen der Gesellschaft und die Besitzlosen trifft dies nicht zu.

# Die Registrierkasse

Schon als Kind hat sie mich fasziniert. Eisern und wuchtig stand sie auf der Ladentheke, die den Verkäufer- vom Käuferraum trennte. Meine Oma, meine Mutter und ein Lehrmädchen, wie weibliche Azubis damals hießen, bedienten noch die Kunden, beim Abwiegen und Verpacken der gewünschten Waren wurde geplaudert und getratscht. Das Klingeln der Kasse markierte schließlich den Abschluss des Tausches von Ware gegen Geld. Zwei horizontale Schaufenster oben zeigten die Produkte und den zu entrichtenden Preis in Mark und Pfennig an, die auf fünf vertikalen Tastenreihen eingetippt werden konnten. War die Bestellung abgeschlossen, drehte man an der Kurbel rechts, es klingelte und rasselte, die Geldschublade unten kam heraus und links kam ein Belegzettel aus dem Inneren der Maschine. Für mich ein Wunderwerk, das ich so wenig verstehen wie bedienen konnte, war für mich als kleinem Kind die Kurbel doch etwas schwer handzuhaben.

Die Kasse wurde im Zuge von Modernisierung und Umstellung des Ladenbetriebs auf Selbstbedienung in den späten 1960er Jahren ausrangiert. Im Schuppen abgestellt, bei dessen Umbau auf den Dachboden verfrachtet, dort vor sich hin staubend. Mit der Einrichtung eines eigenen Zimmers im ursprünglichen Laden des alten Kramerhauses habe ich sie dort abgestellt; sie tat mit ein wenig Leid mit ihrem altertümlichen Charme da oben zwischen all dem Gerümpel. Und später wiederholte sich die Geschichte, als meine Kinder mit ihr spielten und den Flair von Omas Laden aufleben ließen. Jetzt steht sie im Wohnzimmer unter dem kleinen Drehregal mit Romanen und Büchern über Bayern, das ich aus einer Buchhandlung in Heppenheim „abstauben" durfte.

Es ist eine Registrierkasse der Marke „National". Die Registrierkasse an sich wurde am 4. November 1879 von dem Lokalbesitzer James Ritty in Dayton, Ohio, USA zum Patent angemeldet, angeblich um den Diebstahl durch sein Personal zu verringern. Seine neu gegründete Firma zur Herstellung von Registrierkassen wurde 1884 von John H. Patterson gekauft, der sie in National Cash Register Company umbenannte, das Erfolgsprodukt in den USA zum Marktführer machte und nach Europa expandierte. Der 1896 in Deutschland gegründete Ableger zog 1945 von Berlin nach Augsburg in den US – Sektor um. Augsburg wurde zur „Stadt der Registrierkassen", das Augsburger Werk war das größte seiner Art in Europa.

Wann nun „unsere National" ins Haus kam, kann ich nicht mehr bestimmen. In meiner Kindheit war sie schon da, im neuen Laden und bei meiner Mutters Einheirat Anfang der 1950er Jahre ebenso. Ob sie 1951 mit dem Neubau des Geschäftshauses angeschafft wurde? Oder 1931, verbunden mit dem Umzug des alten Traxl ins Witwenhaus? Oder mit dem Kauf des Hauses durch den ersten Traxl 1904?

Im Internet habe ich genau diese Kasse als Angebot auf einer Versteigerung gefunden mit folgenden Hinweisen: „1896 wurde in Deutschland die Nationale Registrierkassen GmbH (NRK) gegründet, ein Tochterunternehmen der National Cash Register Company (NCR) die heute als das älteste IT Unternehmen der Welt gilt. Die Kasse dürfte aus der Zeit kurz vor oder nach der Jahrhundertwende sein. Die Kasse ist 54 cm hoch, 45 cm breit und 40 cm tief. Listenpreis EUR 1500,00 inkl. 19% MwSt."

# Der Weg in die Neuzeit

Endlich frei, könnte Joseph Joachim Obermayr mit einem Blick von seiner Haustür hin zum Lattengebirge angesichts der „Liquidation" gemurmelt haben. Vielleicht hat er sich auch Sorgen gemacht und an einiges Hin und Her der letzten Jahre gedacht, an Faulfieber und Blattern 1806, an Missernten und Hungersnot 1806 und 1816, an die durchziehenden Armeen 1805 und 1809. Auch seine Familie ist nicht verschont geblieben, ganz im Gegenteil. Seit dem Tod seiner Eltern ist er einsamer geworden, denn keines seiner fünf Geschwister ist älter als 30 Jahre geworden und auch die drei Halbgeschwister aus der ersten Ehe seines Vaters sind noch im Kindesalter gestorben. Nun hofft er auf eigene Kinder, ist seine Frau Anna Maria doch ein Jahr nach der Geburt ihres ersten Sohnes wieder schwanger. Da interessiert ihn der Übergang seines Dorfes vom Grundherrn Erzbistum Salzburg an das neu entstandene Königreich Baiern nicht so arg, aber die neue Zeit, an die ihn der Blick ins Gebirg erinnert, lässt doch hoffen.

Die „schlafende Hexe" ist eine markante Bergformation auf dem Lattengebirge über Bad Reichenhall und vom Kramerhaus aus gut zu sehen. Einheimische nennen das Profil des Felsens mit dem markanten Zinken im sagenhaften Hexengesicht immer noch „Montgelas – Nase" nach Graf Maximilian von Montgelas. Der war von 1779 bis 1817 als Minister der starke Mann des Kurfürsten und späteren Königs Maximilian I., er organisierte außen- wie innenpolitisch den Weg Bayerns zum Königreich und zum heutigen Flächenstaat. Er modernisiert Bayern, dabei Ideen der Aufklärung und der französischen Revolution aufnehmend und mit bairischem Patriotismus verbindend, und er unternimmt das radikal, dynamisch und rational – ein Vorläufer vielleicht der Stoiberschen Regierungszeit „mit Laptop und Lederhose" in Zeiten der Durchdringung des Landes durch die CSU. In seine Amtszeit fallen mehrmalige Bündniswechsel im Kampf mit und gegen das

napoleonische Frankreich und daraus resultierend die Vergröße-
rung und Arrondierung des Staatsgebietes, das nun zentral orga-
nisiert und verwaltet werden sollte. Mit der Säkularisation fielen
zudem ehemals kirchliche Gebiete an den Staat. Zur Reform der
Verwaltung, des Rechts und der Finanz- und Steuerverwaltung
mit allgemeinen Bürgerrechten und der Gleichstellung der Religi-
onen gehörte auch die Erfassung und steuerliche Bewertung des
Grundbesitzes. Mit der Zustimmung der Besitzer zur sog. Liquidation (1828 – 1848) wandelte sich der Besitz nun zum wirklichen
Eigentum und unterlag nicht mehr der kirchlichen oder staatli-
chen Grundherrschaft.

Der Kramer in Piding, Joseph Joachim Obermayr und mit ihm
seine Nachfolger Johann Baptist Fuchs und die Traxls waren nun
frei(er) in ihrem Piding mit seinen 586 registrierten Einwohnern
im Jahre 1840 und dürften aufgeatmet haben.

Vielleicht waren sie aber auch verunsichert von der Ambivalenz,
die in der Mischung aus Aufklärung und Rationalismus einerseits
und Zentralismus und Monarchismus anderseits liegt und
manchmal Sehnsucht nach der vermeintlich guten, alten Zeit
nährt. Sie hörten wohl und redeten vermutlich über Matthias
Kneißl und Jennerwein, die bekanntesten Wilderer und bayrischen „Robin Hoods" im 19. Jahrhundert, und sie waren nahe
dran an den Kämpfen und Wirren der Zeit.

So waren Pidinger Bürger an den Schanzarbeiten am Walserberg
beteiligt, den die österreichische Armee gegen die vordringenden
französischen und bairischen Truppen verteidigen wollte. Hat dabei Matthäus Traxl, Schneidermeister aus Piding, seine Gertrud
Reischl aus Wals/ Siezenheim kennengelernt, die er 1816 heiratet? Sie wohnen noch in Haus 7, dem „Bräuhäusl" oder „Söldner-
häusl", erst ihre Urenkel werden das Kramerhaus beziehen.

Auch der Südtiroler Aufstand gegen die nun bayrische Herrschaft
im Jahre 1809 hatte Schauplätze hier in der Nähe: Teile der Salz-

burger Bevölkerung, zu denen bis 1810 auch Piding gehörte, besetzten den Steinpass und Pass Lueg für die Tiroler, während von Süden her die Tiroler unter Führung von Josef Speckbacher nach Unken und Melleck vordrangen.

Diesem nahen Vertrauten von Andreas Hofer begegne ich bei anderer Gelegenheit: Der Gasthof Sollerer, im Talschluss der Wildschönau gelegen, beherbergt seit Jahren die Skifreizeiten von Montessori Biberkor und hat gleich nach dem Eingang zum Haus auf der linken Seite die „Speckbacher – Stube". Im Originalzustand mit seiner Zirbenholz – Vertäfelung und dem Kachelofen ist der Raum erhalten, an dessen Klapptisch Josef Speckbacher seinen kämpferischen Aufruf an die Bauern formulierte: Sie sollten mit Mistgabeln und allem, was ihnen in die Hände falle, aufbrechen und kämpfen. Luis Trenker beschreibt ihn in seinem „Der Rebell, ein Freiheitsroman aus den Bergen Tirols" als Draufgänger voller Mut und Schlauheit mit dem Herz auf dem rechten Fleck. Erschienen ist das Buch 1933 in Berlin.

Ich hatte immer große Sympathien für derartige Aufstände und Freiheitskämpfe, erst bei genauerem Hinschauen habe ich die ein oder andere Illusion und manch Missverstandenes bei mir erkennen müssen.

Andreas Hofer, der große Held des Aufstands, und seine Anhänger wollten nämlich gar nicht Freiheit und Selbstständigkeit, sie wollten weg von Bayern und zurück ins habsburgische Österreich zu ihrem Kaiser Franz I. Sie kämpften gegen das neue, fortschrittliche Bayern und für das alte, restaurative Österreich. Einige Begleiterscheinungen des Kampfes illustrieren mein falsches Heldenbild, wenn zum Beispiel Feste und Bälle verboten wurden, wenn die Pockenimpfung abgelehnt wurde mit der Begründung, hier werde bayrisches Denken eingeimpft, wenn eine strenge Kleiderordnung für Frauen erlassen wurde oder wenn es zu antisemitischen Ausschreitungen in Innsbruck kam.

Vielleicht passen Erscheinungszeit und -ort von „Rebell" nur zu gut in die Zeit. Trenker steht, wie seine Gefährtin und Konkurrentin Riefenstahl, für die Verherrlichung des (männlichen) Helden und des Willens, beides gerne in den Bergen dargestellt und symbolisiert. Mit einer Schülergruppe folge ich auf einer Studienreise der Spur vom Futurismus der Jahrhundertwende mit seiner Glorifizierung des Neuen und des Kampfes über die Alpenfront im ersten Weltkrieg und den Aufstieg des Alpinismus bis hin zur freiwilligen Vereinnahmung all dessen von Faschismus und Nationalsozialismus. Wanderungen auf dem „Sentiero della Pace" am Monte Pasubio und Besuche im Kriegsmuseum von Rovereto und im MART ebenda, wo u.a. das Originalmanuskript des Manifestes der futuristischen Bewegung ausgestellt ist, sollen uns die Faszination und Attraktivität einer Bewegung verstehen lassen, der so viele bis in Mord und Tod gefolgt sind. Dokumentarfilme und Zeitzeugenberichte, Tagebücher und Literatur (u.a. Musil) in der Vor- und Nachbereitung helfen dabei.

Neben dem Sandwirt im Passeiertal, der Andreas Hofer gehörte, widmet sich ein Museum der Geschichte. Es will ein „anderes Bild des Heldes" zeigen und bettet dies in eine Reflexion des Heroischen ein, die programmatisch mit einem Zitat Bertolt Brechts in einer großen Glocke, in wahrem Wortsinne, eingeläutet wird: „Unglücklich das Land, das Helden nötig hat."

Eine Parallele zu diesem Tiroler Aufstand drängt sich auf: 100 Jahre vorher waren die Oberländer nach München gezogen, um die Hauptstadt für ihren Fürsten zu befreien – für ihren Fürsten, der nichts von ihnen und von Baiern wissen wollte. Auch sie sehnten sich nach der früheren Zeit, die angeblich besser war, und nach einem patriarchalischen Landesvater, der sie vor den Gefahren der Moderne schützt.

Ein immer wiederkehrendes und auch heute aktuelles Denkmuster sehe ich hier, das sich an der Geschichte der Sieger orientiert und diese in einer linearen Abfolge von Ereignissen und Personen darstellt. Eine scheinbare Logik und Zwangsläufigkeit entstehen durch die Auswahl der Fakten, während andere Traditionen aus dem Bewusstsein ins Unterbewusste oder Anekdotische transportiert werden. Mäanderndes und Abschweifendes wird dabei als unpassend und nicht zielführend ausgeschlossen, Zufälle scheinen verdächtig und passen nicht zum Bemühen, Gestalter der Abläufe zu sein und darin Sinn und Bestätigung zu finden. Mit der Absage an ein zirkulierendes, nicht auf einen Punkt hinführendes Verständnis von Geschichte berücksichtigt man Wegscheiden und Alternativen nicht mehr oder schätzt sie gering, und die Parameter von Entscheidungen werden nicht hinterfragt. Die Hingabe an die vermeintlich gute Ordnung und Macht scheinen alternativlos, der „Ausweg aus der selbst verschuldeten Unmündigkeit" (Kant) anstrengend und Freiheit chancenlos.

Wir kennen die Faszination, die Wilderer auf die Bevölkerung ausgeübt haben und noch ausüben, wir wissen von sozialen Aspekten in Aufständen von 1705 und 1809, wir hören vom Hambacher Fest 1832 in der damals zu Bayern gehörenden Pfalz und später von der Räterepublik in München oder den Aktivitäten des Bauernbundes in der Weimarer Zeit, aber wir weben dies zu wenig zu einem roten Faden als Richtschnur oder zu einem Narrativ für eine andere Geschichte.

Wir finden es allerdings in der Literatur, die Bayern und bayrische Verhältnisse thematisiert. Dafür steht zum Beispiel Oskar Maria Graf, der das ländliche Leben der Zwischenkriegszeit beschreibt oder mit seinem „Die gezählten Jahre" bei mir mehr zum Verstehen des Faschismus beigetragen hat als so manche im Studium rezipierte Theorie. Auch Herbert Achternbusch, Franz Xaver Kroetz mit seinen „Chiemgauer Geschichten" und Josef Bierbichler mit dem Roman „Mittelreich" setzen das Leben der so genannten einfachen Leute in den Mittelpunkt ihrer Arbeiten und vermitteln Bilder jenseits der geschriebenen Geschichte von oben. Ebenfalls zur Kriegsgeneration kann man Ilse Aichinger, Günter

Eich und Thomas Bernhard zählen, die zumindest in Teilen ihres Lebens in der Region hier lebten, nämlich im österreichischen Großgmain.

Dieser Ort galt nach 1945 als „sündiges Dorf", weil es ein beliebter Umschlagsort für Schmugglerwaren ins nahe Bayrisch Gmain war. Bis zur Währungsreform 1948 wurden vor allem Zigaretten in die US – Zone gebracht, danach wurden 60 kg schwere Kaffeesäcke von Einzelpersonen und organisierten Banden in die neu entstehende BRD geschleppt und dort sehr Gewinn bringend vor Ort und an großen Märkten wie in München verkauft. Auch in die Gegenrichtung gab's illegalen Warenverkehr, so waren die in Österreich sehr teuren Rasierklingen massenhaft in den Rucksäcken, die oft über die „nasse Grenze" bei Piding über die Saalach hinweg getragen wurden. Den Kramerladen hat der Schwarzhandel wenig tangiert, konzentrierte sich sein Geschäft doch auf Lebensmittel und das alltäglich Notwendige. Die Klänge vom Altwirt herüber wird man aber recht gut gehört haben, als im Fasching 1952 die Musikanten der „Pidinger Schrammeln" beim „Grenzerball" erstmals das „Reichenhaller Schmugglerlied" nach der Melodie der „Capri – Fischer" ertönen ließen. „Wenn bei Salzburg die rote Sonne im Tal versinkt, ... zieh'n die Schmuggler mit ihren Säcken zur Saalach `naus, und sie ziehen gemütlich Strümpfe und Schuhe aus ..."

# Das Essigfass

„Feinster Tafelessig, E. Wehenkel, Regensburg" steht auf dem beigen Steingutfass. Knapp einen halben Meter hoch ist es, ohne Deckel oben und ohne Zapfhahn im dafür vorgesehenen Spundloch unter der Aufschrift. Beim Aufräumen trage ich es vom Dachboden nach unten, es steht jetzt ein wenig zusammenhanglos in einer Ecke im Flur neben den alten Skiern und sammelt Erinnerungen. Einige angeschnitzte Haselnussstöcke von den GTA – Wanderungen im Piemont lehnen an der Wand, ein Bogen mit Pfeilen aus meiner „Indianer – Zeit", ein indonesisches Schwert und ein Florett als Geschenke von Herrmann Stötzel in meinen Kindertagen als Ritter spielender Fechter.

Die Entstehungszeit des Fasses und seinen Weg nach Piding kann ich nicht feststellen. Die Firma Wehenkel in Regensburg gibt es nicht mehr und zu ihrer Geschichte finde ich im Netz nichts. Der Kramerladen wurde den Erzählungen meiner Mutter nach sicher nach dem 2. Weltkrieg, vermutlich auch davor, von einem regionalen Zwischenlieferanten mit Öl und Essig, Sauerkraut und sauren Gurken versorgt. Ein identisches Fass finde ich per Internet in einen Versteigerungskatalog, aber auch hier ohne Zeitangaben: „Alter Essigtopf. Essigfass Porzellan, Feinster Tafelessig E. Wehenkel Regensburg, EUR 129,00, D = 27 cm, H = 45 cm, Fassungsvermögen ca. 20,5 Gewicht ca. 5,5 kg".

Allerdings kann die Belieferung mit Essig aus Regensburg nicht so arg lange zurück reichen. Denn zum Haus gehörte, wie ein Übergabebrief aus dem Jahre 1816 belegt, ein Hausgarten mit Essigsiederwerkstätte. Essig galt im Mittelalter, wie es unter anderem Hildegard von Bingen überliefert, und in der frühen Neuzeit als Heilmittel und wurde zur Desinfektion benutzt. Medizinische Behälter und Geräte wurden mit Essig gereinigt und noch im 18. Jahrhundert versuchte man in Piding und im stärker befallenen Anger, die Pest mit so genanntem Pestessig und durch Einreiben des Körpers mit der Essenz zu vertreiben. Die Hauptverwendung dürfte aber in der Haltbarmachung von Lebensmitteln wie Fleisch und Gemüse gelegen sein. Ab dem 16. Jahrhundert wurden die ersten Steuern auf Produkte mit oder aus Essig erhoben, so zahlte auch der Kramer zu Piding, Joseph Obermayr und seine Nachfolger, für den Garten mit der Essigsiederei jährlich 7 Kronen ans Hofurbaramt Staufeneck/ Erzbistum Salzburg, ab 1816 ans Rentamt Berchtesgaden. Genaue Angaben über Verbrauch und Menge sind selten, einen Hinweis gibt aber die Speisekarte des Salzburger Bürgerspitals 1803: Pro Person und Woche sind 0,65 l Essig aufgeführt, das ergibt für die 90 Bewohner 58 l Essig pro Woche, also 3016 l im Jahr. Die Essigsiederwerkstätte könnte ein durchaus einträgliches Nebengeschäft für den Kramer gewesen sein.

Im ehemaligen Garten baute mein Großvater 1929 ein kleines Gebäude für seine Schneiderei, die schon 1936 erweitert wurde. 1951 schließlich ließ mein Vater das heutige Geschäftshaus mit Wohnung und Schneiderei im ersten Stock errichten. Das Essigfass könnte also nach 1929, als die Siedestätte der Schneiderei weichen musste, und vor 1950 ins Haus gekommen sein, aus meiner Kindheit erinnere ich es nicht.

# Das Wappen

Das erwähnte „Schneider – Logo" finde ich in einem alten Ordner zwischen Grundbucheintragungen und Verträgen, alle vom Ende des 19. und Beginn des 20. Jahrhunderts stammend und handschriftlich in Sütterlin – Schrift verfasst. Das Blatt ist nicht datiert, über seine Entstehung weiß ich nichts.

Es ist eine merkwürdige Darstellung, die mit dem Beruf wenig zu tun hat: Sie zeigt ein sanft und feminin wirkendes Gesicht unter einer Haube mit Federbusch und über einem eng taillierten Gewand, das sich in Faltenwürfen über die weit ausgebreiteten Knie ergießt. Die Gestalt ähnelt in ihren Umrissen einer Fledermaus, könnte aber auch als böse Fee in einem Märchenbuch durchgehen. In den Händen hält die Figur rechts ausgestreckt einen kelchartigen Becher und links ein Schwert über der Schulter. Im Schoß eingebettet liegt ein aufgeschlagenes Buch, einladend durch die wie eine Tür wirkenden gespreizten Beine. Darunter befindet sich ein Schild mit dem männlichen Pendant, das eine eng geschnürte Person mit einem Wams über den an eine Rüstung erinnernden Hosen und den gestreckten Beinen zeigt; Gesicht, Becher und Schwert werden wiederholt. Darunter stehen in Frakturschrift „*Traxl 1600*" und dann – nachträglich eingefügt – die Hinweise auf Johannes Traxl, bürgerliches Geschlecht aus Tirol, und den ersten Pidinger Schneidermeister Sebastian Traxl (1657 – 1715), der wiederum Sohn eines Schneiders aus Anger war.

Ich bin kein Heraldiker, versuche aber eine Deutung und nähere mich im Ausschlussverfahren. Typische, auf das Gewerbe hinweisende Merkmale wie Schere, Maßband oder Nadel fehlen ebenso wie Bezüge zu einer regionalen Mode oder Tracht. Letztere hat sich, vor allem in Form des Dirndl, erst im 19. Jahrhundert aus Elementen der strengen Kleidungsvorschriften des Mittelalters, die immer auch den Stand und sozialen Status betonen sollten, ausgeprägt. Beides spricht gegen eine Verwendung als Werbung oder Erkennungszeichen für eine bürgerliche Kundenschicht nach etwa 1800. Das hoch geschlossene, sittsam und züchtig wirkende Gewand der Frau und die nüchtern, geradezu streng ausfallende Bekleidung des Mannes sprechen gegen eine zeitliche Verortung in der eher sinnlich und freizügig wirkenden und der Pracht zugeneigten Mode des Barock und des Rokoko. Allerdings weist die enge Taillierung ein wenig auf das späte 17. Jahrhundert hin, bleibt aber noch im spätmittelalterlichen Gesamteindruck verhaftet, der durch das wallende Kleid der Frau und die an eine Rüstung aus der Zeit der Renaissance oder des 30jährigen Krieges erinnernde Gewandung des Mannes dominiert. Das alles spricht für eine Entstehung entsprechend der Unterschrift um 1600 und als Hinweis auf einen Schneider, der ein Auftragsbuch führt und Frauen wie Männer im Stil der Zeit einkleidet.

Pokal und Schwert stören diese Vermutung.

Die Waffe steht für Kampf, Stärke und Rittertum, passt also nicht zu einem Schneider, dem eher Attribute wie schwächlich, ängstlich und arm zugeschrieben werden. Allerdings wenden die Brüder Grimm das Klischee in ihrem Märchen vom tapferen Schneiderlein, das sie um 1800 nach einer Vorlage aus dem 16. Jahrhundert aufschrieben. Hier überwindet einer, der in die Welt hinauszog, mit naivem Selbstvertrauen, mit Dreistigkeit und List alle Gefahren und schlägt Stärkere aus dem Feld. Er geht seinen Weg, freit die Königstochter und wird selber König. Damit parodiert die schwankartige Erzählung Heldensagen und Ritterromane; der Schelm siegt über den Kräftigen, das neue Selbstbewusstsein überwindet die alte Ordnung und setzt sich an die oberste Stelle. Das Schwert könnte also auch, als Folge einer neuartigen Stärke, für Freiheit und Selbstständigkeit stehen.

Der Kelch oder Trinkbecher wird dargeboten. Sehe ich das Gefäß als einen Behälter, aus dem ein Pfarrer bei der Kommunion die Hostien verteilt, dann könnte es als Kelch auf einen religiösen

Hintergrund hinweisen und zusammen mit dem Schwert die Erlaubnis oder den Segen oder die Kundschaft sowohl weltlicher wie geistlicher Amtsträger symbolisieren. Diese Interpretation würde aber voraussetzen, dass Johannes Traxl aus Tirol bereits eine relativ bedeutende Position als selbstständiger Handwerker erreicht hatte, was mir angesichts der eher ärmlichen Lage von Schneidern in dieser Zeit im Allgemeinen und seiner Nachfahren hier in der Region im Besonderen nicht wahrscheinlich scheint.

Sehe ich das Gefäß als einen Trinkbecher, dann kann es eine Einladung sein und auf Frohsinn und Geselligkeit hinweisen; das steht aber in keinem Zusammenhang mit einer Schneiderei. Allerdings hatte das Kramerhaus aus alten, nicht mehr feststellbaren Zeiten, neben der Essigsiederwerkstätte auch ein Schankrecht für Met, das 1931 aufgegeben wurde, weil der Schwiegervater meiner verwitweten Oma es als unziemlich für eine alleinstehende Frau empfand. Die Kombination von Schneiderhandwerk und Alkoholausschank mit den Traxls entsteht aber erst mit dem Kauf des Hauses im Jahre 1904. Es ist unwahrscheinlich, dass Johannes Traxl aus Tirol ebenfalls ein Schankrecht besaß, und seine Nachfahren im Ortsteil Urwies hatten „ein hartes Hausen"; so bat Andreas Traxl, der Sohn des unter dem Wappen erwähnten ersten Pidinger Schneidermeisters namens Traxl, im Jahre 1709 um den Erlass der Weihsteuer, die ihm „wegen bekannter Armut" von der „gnädigen Hofkammer" gewährt wurde. Erst 1891 begann der Aufstieg des Matthias Traxl vom Schneider zum Kaufmann, als er anstelle des alten Finkhofes den Grundstein für das spätere, überregional bekannte Kaufhaus legte. Im selben Jahr heiratet er Elisabeth, die Tochter eines der größeren Bauern des Dorfes; vielleicht bildete die Mitgift die Starthilfe für seinen Erfolg.

Eine Entstehung des Wappens um 1600 halt ich nunmehr für unwahrscheinlich. Ich vermute eine um 1900 stilisierte Darstellung, die historisierende Elemente der Neo-Renaissance aufnahm, sie mit Erzählungen und Bildern verband und den bürgerlichen Aufstieg in der Gründerzeit als eigene Geschichte konstruierte. Der Bezug zu geistlichen wie weltlichen Symbolen und die Betonung der Tradition verleihen – im Wortsinne – dem eigenen Stand Bedeutung und verwurzeln ihn im Sinne einer beruflichen Heimat, sie verorten ihn in der Gesellschaft und öffnen ihn für Neues. Das Wappen steht dann für das gewachsene Selbstbewusstsein eines Bürgers, der sich mit geliehenen Attributen aus der eingeengten Vergangenheit löst, diese aber noch braucht für einen optimistischen Blick in die Zukunft. Und es steht für das eigene Schreiben der Geschichte und eine „Sinngebung des Sinnlosen" aus der familiären Perspektive mit Betonung des Eigenen. Diese Emanzipation ist – noch – brüchig, wie die Eingliederung und Vergemeinschaftung in das nationalsozialistische System einige Jahrzehnte später zeigen. Alle Familienmitglieder sind meines Wissens Teile der verschiedenen Facetten der Volksgemeinschaft, keine/r ist aktives Teil der Mordmaschinerie und macht sich individuell schuldig, von niemand höre ich Verweigerung oder gar Widerstand. Ein kleines Detail unterbricht das völlige Mitgehen in der Zeit: Als mein Vater in Russland das „eiserne Kreuz 2. Klasse" verliehen bekommt, mahnt ihn seine Mutter in einem Brief zur Vorsicht mit den Worten: „Wie leicht könnte es das Birkenkreuz sein." Das trug ihr den Besuch des örtlichen NSDAP – Vorstehers ein, hatte aber keine weiteren Folgen.

# Der Durchbruch im Erdgeschoss

„Die Kramerlisl saß dann immer an ihrem Schreibtisch im Wohnzimmer und hat durch die Tür g'schaut, wer in den Laden kam",
erzählen alte Leute. Meine Oma war gemeint und der alte, ursprüngliche Laden.

Im Sommer 2018 schaue ich mich in den Räumen um, da ist keine
Tür zu erkennen. Auch der Bestandsplan, den meine Eltern in den
1950er Jahren von einem Architekten erstellen ließen, verzeichnet
hier lediglich eine durchgehende, etwa 15 cm dicke Wand. Ich
ziehe einen Statiker zu Rate zur Abschätzung von möglichen Gefahren bei einem Durchbruch; nichts Genaues könne man sagen,
man müsse sich langsam vorarbeiten und die Verbindungen zu
Außenmauer im Auge behalten. Dazu brauche ich ihn eigentlich
nicht, ich fange mit tatkräftiger Hilfe eines Bauhandwerkers und
seiner Maschinen an. Zuerst suchen wir hinter abgeschlagenem
Putz die Reste einer Tür und finden nichts. Wir gehen tiefer und
bemerken rechts zur Außenwand hin anderes Baumaterial: Stein-
brocken und auch einzelne Holzstücke, die sich aber nicht als
Teile eines Türstocks, sondern einfach als Füllmaterial erweisen.
Langsam wird klar, dass mit neueren, luftgetrockneten Ziegeln
wohl eine Mauer gezogen und der Raum begradigt wurde. Wir
brechen weiter, hinter den Ziegeln und nach einem schmalen
Hohlraum stoßen wir auf eine weitere Mauer aus alten und gebrannten Ziegelsteinen. Einen Türstock haben wir immer noch
nicht gefunden, wir schlagen uns nach oben durch und werden
endlich belohnt. Kurz unterhalb der Decke liegt eine breite Holz-
platte etwa 1,30 m lang über der Wand. Der alte Türsturz vermutlich. Also weiter in die Tiefe, und nach über 60 cm des Durchbre-
chens schauen wir erstmals rüber in den alten Laden. Wir entfer-

nen auch diese zweite Mauer und finden eine alte, handgeschmiedete Türangel und viel Geröll; als der Staub sich langsam senkt, können wir weiterarbeiten und den Durchgang wieder frei legen, behütet vom nun restaurierten Türsturz.

Nach mehreren Jahrhunderten der durch eine Tür verbundenen Einheit von Laden und Stube wird das erste Zumauern wohl Anfang der 1950er stattgefunden haben, als das neue Haus gebaut und der Laden dorthin verlegt wurden. Die zweite Mauer stammt aus den späten 1970er Jahren; meine Eltern ließen die Wand begradigen und den Boden der Stube absenken, so dass man barrierefrei in ein nun höheres Zimmer eintreten konnte. Das hat aber auch zur Folge, dass die Fenster ungewöhnlich hoch angesetzt scheinen – man schaut fast auf Kopfhöhe nach draußen und fühlt sich ein wenig wie im Souterrain. Als hier noch gegessen und gespielt wurde, fand ich's eigenartig und ein wenig verstörend, jetzt passt's aber zur Funktion eines reinen Wohnzimmers und einer kleinen Rückzugshöhle. Bei dieser Modernisierung wurde auch der Kachelofen meiner Kindheit ausgebaut und durch einen praktischeren Ölofen ersetzt. Der Ofen war gelb gekachelt und oben flach. Hier machte ich es mir als Kind oft bequem, auf einer Decke über den warmen Kacheln kuschelnd und in meinen Büchern lesend oder mit meinen Figuren spielend. Ich lauschte den Geschichten vom Wohnzimmertisch oder dämmerte bei Gemurmel der Stimmen einfach ein. Den Ofen vermisse ich ein wenig, er wäre mir heute aber auch zu klein. Ich habe ihn durch einen Holzofen ersetzt und finde im Flackern des Feuers zurück zur vertrauten Wohligkeit.

Jetzt bewege ich mich in einen weiten, offenen Raum. Verband die Tür früher Laden und Stube, also Kramerarbeit und Familienle-

ben, so öffnet der Durchbruch nun die Essküche hin zum Wohnzimmer, vereint also Kocharbeit und Essen mit Aperitif und
Schmökern, Plaudern und auch mal Fernsehen.

# Die Kommode

PW No. 5899 steht auf den Fragmenten eines Zettels auf der Rückwand einer Kommode, die ich von gelblich brauner Farbschicht befreie. Darüber kann ich ein P e l oder t entziffern und Möbe.., klarer sind Versand- und Zielort lesbar: von …rslautern, wohl Kaiserslautern, nach Wiesbaden.

Es ist eine recht einfache Kommode mit drei übereinander liegenden Schubladen und einem Schranktürchen rechts, ohne Schnörkel oder Verzierungen, schlichtes Weichholz. Im selben Stil dann der Spiegelaufsatz, den man hinten verkeilen oder verschrauben kann. Wann und wie dieses Möbelstück von Wiesbaden nach Piding kam, um dort zwischen all den anderen Resten zu verstauben, von mir als Kind gesehen und als Mann entfärbt zu werden, ich weiß es nicht. Es gibt keine familiären Beziehungen nach Wiesbaden, auch geschäftliche Verbindungen eines kleinen Dorfkrämers oder Schneiders nach Hessen sind nicht sehr wahrscheinlich.

Selber aber habe ich einige Jahre in Wiesbaden gelebt und gearbeitet und dort Eli und Heiner kennen gelernt, die mir gute Freunde geworden sind. 15 Jahre sind wir jedes Jahr mit unseren Kindern in den Urlaub gefahren. Meist nicht weit, nur über die Grenze nach Frankreich und immer in ein ruhiges Haus in der Nähe eines Flusses oder Sees. Das hat gereicht, die Kinder hatten einander und wir konnten ihnen beim Spielen und Wachsen zusehen, dabei plaudern und diskutieren, entspannen und durch die Gegend streifen. Unterm Jahr haben wir uns nicht oft gesehen, jedes Mal aber mit der Ankunft im Ferienort die alte Vertrautheit gefunden, die eine gute Freundschaft auszeichnet und nicht immer Worte braucht. Die beiden sind übrigens nach der Geburt ihres ersten Sohnes in Heiners Heimatstadt und Elternhaus gezogen, nach Kaiserslautern, also vom Zielort in den Versandort der Kommode. Bei ihnen im Garten wartet noch eine alte Trambahnbank aus München auf die Rückführung nach Bayern; die Töchter meines Schwagers hatten mir ihr „Kultobjekt" anvertraut, in den letzten Jahren hatte ich keinen Platz für sie, aber jetzt wird's Zeit.

Im Internet finde ich, in Kaiserslautern und der Pfalz suchend, keine Hinweise auf eine Schreinerei oder ein Möbelhaus, die mit Pel oder Pet beginnen. Auch PW erschließt sich nicht einfach, ich suche spinnend vor mich hin: „Prisoner of War" scheint mir so unwahrscheinlich wie „Praunheimer Wertstätten", „Palau" würde ich ausschließen und auch „Papierwährung", vielleicht könnte es aber für Postwagen oder Postwert stehen. Denkbarer sind Hinweise, die ich bei der Deutschen Reichsbahn finde: Zwischen 1910 und 1922 schafften die Preußischen Staatsbahnen 330 Gepäckwagen mit der Bezeichnung Pw Pr 16 an, die im ganzen Reichsgebiet Verwendung fanden; dem folgen heute Hersteller von Modelleisenbahnen, die Gepäckwagen der Bauart PW anbieten.

Kaiserslautern und Wiesbaden haben sich im 19. Jahrhundert recht unterschiedlich entwickelt. Das hessische Wiesbaden, bis 1866 Hauptstadt von Hessen-Nassau und dann zu Preußen gehörend, nahm einen großen Aufschwung als mondänes Kurbad, wurde als „Nizza des Nordens" oder „Kaiserstadt" bezeichnet und zählte neben den Hoheiten aus Berlin auch viele russische Adelige zu seinen Gästen. Einer von ihnen, der kleinadelige Schriftsteller Dostojewski, lebt im weithin bekannten Casino seine eigene Spielsucht aus und verarbeitet dies im Roman „Der Spieler".

In Kaiserslautern dagegen, in der ehemaligen Kaiserpfalz des Mittelalters, siedelten sich diverse Betriebe (Spinnereien, Nähmaschinen) an und machten die kleine Stadt zum bedeutendsten Industriestandort der seit 1816 zu Bayern gehörenden Pfalz. Beide haben aber auch eine Gemeinsamkeit. Nach dem ersten Weltkrieg standen sie gemäß der Bestimmungen des Versailler Vertrages wie das ganze Rheinland und Ruhrgebiet unter französischer Verwaltung, Kaiserslautern bis zum Abzug der Besatzungsmächte im

Jahre 1930 und Wiesbaden bis 1925, als es Hauptquartier der britischen Rheinarmee wurde und dies bis 1930 blieb.

Die Kommode ist zu schlicht, als dass sie als Auftragsarbeit zwischen Städten und Ländergrenzen verschickt worden wäre. Ich stelle mir jetzt vor, dass ein etwas besser stehender, aber nicht sehr vermögender Angehöriger oder Zivilangestellter der französischen Armee zwischen 1919 und 1925 von Kaiserslautern nach Wiesbaden versetzt wurde und seine Möbel per Reichsbahn mit sich führte oder nachsenden ließ. Am Zielort mag sie nach 1925 in englischen oder deutschen, zivilen Besitz gekommen sein, 30 Jahre später staubt sie auf dem Dachboden in Piding ein. Für diese 30 Jahre fehlt es mir nicht an Ideen, wohl aber an halbwegs konkreten Hinweisen.

In meiner Erinnerung aus Kindheitstagen sehe ich die abgestellten Möbel auf dem Dachboden und die Einrichtung der Zimmer schemenhaft vor mir. Langsam entwickelt sich eine Gemeinsamkeit, eine Linie oder ein Stil. Ich habe mich in den 1950er und 1960er Jahren im alten Haus zwischen leicht geschwungenen, eher massiven und schweren, braunen und dunklen Schränken, Kommoden und Nachttischen bewegt, auf dem Speicher dagegen lagen und standen einfache und klare, gelblich oder beige gestrichene leichte Möbel, meist aus Kiefernholz. Das sieht nach einer Umstellung und Neumöblierung, nach einer Zäsur aus, von denen es so viele nicht gibt, wenn meine bisherigen Überlegungen zutreffen. Sie könnte stattgefunden haben, als mein Vater 1951 nach seiner späten Rückkehr aus der Kriegsgefangenschaft auf der Krim das neue Haus bauen ließ, den Laden dorthin umsiedelte und im Obergeschoss seine Schneiderei einrichtete. Im alten Haus konnte dann für Feriengäste vermietet werden und der alte Ladenraum diente als Elektro-, dann als Blumengeschäft und Reisebüro, bis ich ihn für mich nutzte und umbaute.

# Das Treffen von Haus und Familie

1923 marschiert Adolf Hitler mit seinen Anhängern in München zur Feldherrnhalle, um nach dem Vorbild Mussolinis die Macht im Staat zu übernehmen. Der Putsch scheitert, aber es bleibt das Krisenjahr der Weimarer Republik mit kommunistisch inspirierten Aufständen in Sachsen und Thüringen, mit dem als Ruhrkampf bezeichneten gewaltlosen Widerstand und Streik gegen die französische Besatzungspolitik und mit der daraus folgenden Hyperinflation.

1923 geht auch Johann Traxl nach München. Er beteiligt sich aber nicht an den Straßenkämpfen, sondern legt seine Meisterprüfung im Schneiderhandwerk ab. Während in Deutschland die Republik noch auf der Kippe steht, beginnen im Kramerhaus bereits bessere Zeiten. Johann übernimmt nun das Haus von seinem Vater und heiratet im selben Jahr Elisabeth Abfalter vom benachbarten Hansenbauerhof. Ihre Tochter Elisabeth kommt noch Ende 1923 auf die Welt, mein Vater ein Jahr später.

Vielleicht haben sie manchmal zurückgedacht und sich erinnert, als durch Piding zum ersten Mal ein Auto fuhr just im Jahr 1904, als Matthias Traxl das Kramerhaus von Otto Müller kaufte. Und sie werden ihrem Gott gedankt haben, dass Johann nicht mehr am Weltkrieg teilnehmen musste und mit seinem verwitweten Vater 1919 ins Kramerhaus zog. Sie werden auch öfters an Elisabeths Schwester Maria gedacht haben, die wie zwei andere Mädchen aus dem Dorf weg und ins Kloster ging. „Tante Marei" lebte in einem strengen, von der Welt abgewandten Konvent und durfte nur einmal im Jahr Besuch erhalten, mit dem sie durch ein Drahtgitter sprechen konnte. Im Alter bekam sie die Erlaubnis, einmal im Jahr das Kloster verlassen. Ich erinnere mich aus früher Kindheit an eine alte Frau in brauner Kutte mit rundlichen Wangen und neugierig – fröhlichen Augen unter Habit und Schleier. Sie freute sich an allem wie ein kleines Kind, ging durch den Laden und fasste all die kleinen und bunten Waren an, ob's nun Zeitschriften oder Schulhefte, Schreibfedern oder Stoffreste waren. Vor allem die Lutscher und Bonbons in den Gläsern auf der Theke hatten's ihr angetan. Immerhin das konnte ich verstehen.

Von der Räterepublik in München haben sie alle vermutlich wenig gehört, eher noch von den Brüdern Gandorfer, die als Mitglieder des bayrischen Bauernbundes die radikale Revolution unterstützten und auch im Alpenvorland für ihre Ideen warben. Auf ihrem Hof in Niederbayern, dem Zollhof, fanden zudem die Kinder von Karl Liebknecht Zuflucht, der als Kriegsgegner und Kommunist ab 1916 in Haft saß, im November 1918 die sozialistische Republik in Berlin ausrief und 1919, wie auch seine Genossin Rosa Luxemburg, von rechten Freikorps ermordet wurde. Ganz sicher aber war ihnen Georg Eisenberger aus dem nahen Ruhpolding ein Begriff. Als Bürgermeister und als Präsident des Bauernbundes trat er für eine gemäßigte Form der Revolution, für die parlamentarische Republik ein und agitierte erfolgreich gerade bei der ländlichen Bevölkerung. Er wandte sich gegen die katholische Zentrumspartei und dann vor allem gegen den aufkommenden Nationalsozialismus. In Geschichtsbüchern lese ich wenig von den Bauernbündlern und ihrem Wirken. Aber Ludwig Thoma setzt Eisenberger in „Andreas Vöst" ein literarisches Denkmal, und auch sein „Georg Filser" trägt Züge des „Hutzenauers", wie er nach dem Hofnamen genannt wurde. Und ich finde detaillierte und sensible, kenntnisreiche und atmosphärische Schilderungen Oberbayerns aus dieser Zeit in der „Kajetan – Reihe" von Robert Hültner. Die beiden belegen wie auch bereits genannte Autoren die These Theodor Lessings in „Geschichte als Sinngebung des Sinnlosen", dass Historiker häufig reale Fakten und Menschen wiedergeben und den Sinn dahinter erfinden, während Schriftsteller Tatsachen und Personen (er)finden zur Darstellung von Sinn und Wirklichkeit.

Johann und Elisabeth scheinen jedenfalls gut durch die Krise von 1923 und in die „goldenen 20er Jahre" gekommen zu sein, wird doch 1926 ein kleiner Anbau für die Schneiderei errichtet. Auch kleine Überbleibsel, auf dem Dachboden gefunden, wie eine goldene Taschenuhr und ein Bierkrug mit Zinndeckel, bei beiden „Johann Traxl, Schneidermeister" eingraviert, künden von bescheidenem, kleinbürgerlichen Wohlstand. Und doch währt ihr Glück nur kurz, ähnlich wie die goldenen Jahre der Republik. Stürzt Letztere mit der Weltwirtschaftskrise von 1929 in ein ökonomisches wie politisches Chaos, so stirbt Johann bereits 1931 an den Folgen einer Lungenentzündung. Elisabeth wird nun, auf sich gestellt, die beiden Kinder als Alleinerziehende im Kramerhaus über die Kriegsjahre bringen und ihren Sohn in Arbeitsdienst und Krieg verabschieden. 1946 heiratet ihre Tochter Elisabeth, mein Vater kommt 1950 aus der Gefangenschaft zurück und führt die Tradition des Hauses mit Laden und Schneiderei weiter.

# Das Nachtkästchen

Die heute noch existierende Bau- und Möbelschreinerei Bleibringer aus Tittmoning stellte das kleine Kästchen her, das ich wie so manch andere Kommoden und Schränke auf dem Dachboden gefunden und abgeschliffen habe. Es passt zum ganzen Weichholz - Ensemble in seiner schmalen Schlichtheit mit einer kleinen Schublade oben und einer Tür unten, darüber eine marmorierte Holzoberfläche. Beim Bearbeiten vor vielen Jahren habe ich den auf der Rückseite aufgeklebten Versandzettel beschädigt, nicht alles ist neben dem Stempel der Firma lesbar und zudem in Kurrent- bzw. Sütterlin – Schrift verfasst. Einigermaßen deutlich ist als Adressatin Elise Traxl, meine Oma, in Piding zu erkennen. Bei den anderen Angaben muss ich rätseln, vielleicht Frau oder Familie und sicherlich die Anschrift in Piding.

Ich gehe davon aus, dass meine Oma als Auftraggeberin erst nach dem frühen Tod ihres Mannes im Jahre 1931 firmiert hat, noch heute ist bei älteren Leuten der Name des Mannes als Haushaltsvorstand üblich.

Die Kurrentschrift und die Sütterlin – Variante wurden in Preußen und damit im Deutschen Reich ab 1915 verbindlich eingeführt und waren ab 1936 als Deutsche Volksschrift Teil des Lehrplans an allen Schulen. Aber bereits 1941 wurden sie auf Veranlassung von Martin Bormann, dem Chef der Staatskanzlei, verboten. Martin Bormann war einer der einflussreichsten Männer in der Hierarchie der NSDAP und persönlicher Vertrauter von Adolf Hitler, der ihn als „Treuesten seiner Parteigenossen" bezeichnete und zum Trauzeugen bestimmte bei der Vermählung mit Eva Braun im Führerbunker 1945. Er zeichnete sich bei der Vernichtung von Juden durch „rücksichtslose Härte" aus, wie er selber in einem Erlass im Jahre 1942 formulierte. Diese Härte spürten auch die Bewohner im nahen Obersalzberg bei Berchtesgaden, wo er für die Errichtung des Führer– Sperrgebietes rund um Adolf Hitlers Hauptquartier „Adlerhorst" mit Drohungen und Gewalt insgesamt 57 Haus- und Grundbesitzer enteignete. Wer sich weigerte, musste wie der Photograph Johann „Hansl" Brandner mit dem Abtransport ins KZ Dachau rechnen.

Adolf Hitler ist in Braunau am Inn geboren, knapp 40 km von Tittmoning entfernt. Der Ortsteil Ranshofen verlieh Hitler bereits mit der Machtübernahme 1933 die Ehrenbürgerwürde und wurde zeitgleich mit der Eingliederung Österreichs ins Deutsche Reich 1938 in Braunau eingemeindet. Erst 2011 wurden Hitler die Ehrenbürgerwürde und das damit verbundene Heimatrecht posthum aberkannt. Damit war Braunau nur ein wenig langsamer als Berchtesgaden, das sich 2008 zu diesem Schritt entschied, ganz im Gegensatz zu Bad Reichenhall oder Traunstein, wo dies 1946 passierte.

Johann Bleibringer aus Tittmoning oder eine/r seiner Angestellten wird nach 1941 seine Waren kaum mit der verbotenen Kurrent-/ Sütterlin – Schrift adressiert und etikettiert haben.

Damit lässt sich die Ankunft des Nachtkästchens im Kramerhaus auf das Jahrzehnt zwischen 1931 und 1941 datieren.

Ob auch andere, vom Stil her ähnliche Möbel aus der Tittmoninger Werkstatt stammen, kann ich nicht sicher sagen, vermute es aber. Denn neben Bauart und Holzmaterial haben noch mindestens ein Schrank und eine Kommode ganz ähnliche Griffe an Türen und Schubladen, auch ist die Bestellung nur eines einzigen kleinen Möbelstückes aus einer knapp 60 km entfernten Stadt wenig wahrscheinlich. Dies spräche für eine weitere Eingrenzung, denn im Krieg und während der Schneiderlehre meines Vaters, für die in dieser Zeit noch Lehrgeld an den Ausbilder zu zahlen war, ist eine Möbelbestellung durch eine verwitwete, nicht allzu begüterte Frau nicht wahrscheinlich. Auch müsste es einen Anlass gegeben haben, und der könnte im Umzug des Schwiegervaters meiner Oma vom Stammhaus in die „Filiale Traxl" nach dem Tod meines Opas 1931 bestehen. Man könne ja nicht, wie ich alte

Leute früher sagen hörte, eine Frau mit ihren kleinen Kindern allein in Haus und Geschäft lassen, und in den Austrag musste er nach der Geschäftsübergabe an seinen Sohn ohnehin. Ich tippe also auf 1931/ 1932.

# Die Skier

Für meinen Vater wurden sie in einer örtlichen Schreinerei Ende der 1930er Jahre aus Eschenholz gefertigt. Gut zwei Meter lang sind die Skier mit einer Seilzugbindung zum Aus- und Einhaken für Aufstieg bzw. Abfahrt und bereits mit Stahlkanten. Vermutlich war er stolz über diese recht modernen Skier, denn Stahlkanten wurden erst 1928 entwickelt und von Rudolf Lettner in der Stadt Salzburg patentiert.

Auf der Bodenplatte der Bindung kann man in einem Kreis einen Skispringer eingraviert sehen. Mit weit ausgestreckten Armen und vornüber gebeugt springt er aus dem Kreis heraus, darunter folgt seiner Bewegung der schräg nach oben in Kleinbuchstaben schwungvoll geführte Schriftzug „geze" und darunter steht, als Basis gewissermaßen, in Druckschrift „Silbermodell". Die Firma Geze wurde 1863 in Stuttgart als Baubeschläge – Fabrik gegründet, die Neffen des Gründers begannen 1898 mit der Produktion von Skibindungen, um die Auslastung in der Winterzeit zu verbessern. Die beiden Unternehmen fusionierten 1924, beschäftigten 1938 bereits 300 Mitarbeiter und warben auch für Skibindungen. Kein Wunder, denn bei den Olympischen Winterspielen von 1936 in Garmisch - Partenkirchen gewannen die deutschen Sportler Christl Cranz und Franz Pfnür mit GEZE Kandahar Bindungen jeweils eine Goldmedaille. Die Firma Geze ist heute ein weltweit produzierendes Familienunternehmen mit über 3100 Mitarbeitern, an der Wohnungstür meiner Mutter finde ich sie mit einem Türschließer wieder.

Franz Pfnür stammt aus Schellenberg bei Berchtesgaden und war von Beruf Schreiner, seine ersten Skier schnitzte er sich selber aus Weißbuche. Er gewann bei den Weltmeisterschaften 1934 in St. Moritz Silber in Abfahrt und Kombination, Gold im Slalom. Bei den olympischen Winterspielen in Garmisch – Partenkirchen waren Skirennen erstmals Teil des Wettbewerbs, Pfnür gewann die Kombination. Danach winkte eine besondere Belohnung: Er wurde von Adolf Hitler zum Kaffee in den „Adlerhorst", auch Berghof oder Teehaus genannt und heute Kehlsteinhaus, oberhalb des Obersalzberg eingeladen. Vermutlich war es ihm eine große Ehre, denn er trat freiwillig in die SS ein. Zu dieser Zeit saß der Photograph Hansl Brander im KZ Dachau, weil er sein Haus nicht freiwillig für den Bau des Führer– Sperrgebiets vor Ort aufgeben hatte wollen.

Christl Cranz war die erfolgreichste Skifahrerin der 1930er Jahre, sie wurde zwölffache Weltmeisterin und fünfzehnfache Deutsche Meisterin, dazu 1937 österreichische und 1938 schweizerische Meisterin. Der Erfolg war ihr nicht in die Wiege gelegt, emigrierte die Familie doch kurz nach ihrer Geburt und nach Ausbruch des ersten Weltkrieges von Brüssel nach Reutlingen, später zog sie nach Grindelwald und schließlich nach Freiburg. Neben ihrer Karriere als Rennläuferin absolvierte sie eine Ausbildung zur Sportlehrerin und studierte Sprachen. Eine erstaunlich vielfältige und weltgewandte Frau mit vielen Talenten und Erfolgen, emanzipiert und mich an Leni Riefenstahl erinnernd - ihrer Zeit scheinbar voraus und doch auch in diese Ära eingebunden: So sprach sie am 24.7.1936, vor Beginn der Sommer – Olympiade und drei Jahre nach der Bücherverbrennung, anlässlich einer Kundgebung des Deutschen Schrifttums in der Berliner Krolloper und ließ sich in den Schriften des BDM (Bund Deutscher Mädchen) als Idol feiern. Meine Mutter hat von ihr bei den Mädels – Treffen am Fuße des Schlosses Staufeneck gehört und von ihr geschwärmt. Bei den Skiweltmeisterschaften 1941 in Cortina gewann Christl Cranz dann zwei weitere Titel, aber dieser Wettbewerb wurde von Internationalen Skiverband (FIS) annulliert, weil dabei nur „Anpasser" („turncoats" im Original, eine andere Übersetzungsmöglichkeit wäre „Verräter") teilnehmen durften.

1943 heiratete sie Adolf Borchers, einen Offizier der Luftwaffe. Dieser beteiligte sich als freiwilliger Angehöriger der Legion Condor am Spanischen Bürgerkrieg auf Seiten der putschenden

Frankisten und war aktiv bei der Bombardierung und Zerstörung der baskischen Stadt Guernica, unvergessen durch das Wandgemälde Picassos für die Pariser Weltausstellung 1937. Im zweiten Weltkrieg war er an nahezu allen Fronten eingesetzt und verzeichnete 132 Luftsiege, also Abschüsse feindlicher Flugzeuge, wofür er mehrfach dekoriert wurde und mit dem „Ritterkreuz des Eisernen Kreuzes" die höchste militärische Auszeichnung des Dritten Reiches erhielt.

Christl Cranz kam nach 1945 wegen ihrer Mitgliedschaft in der NSDAP für acht Monate in Haft und musste anschließend elf Monate Zwangsarbeit leisten, die Lehrerlaubnis an der Universität Freiburg wurde ihr entzogen. 1947 floh sie mit ihrem Mann in die US – Zone nach Steibis im Allgäu, wo sie gemeinsam eine Skischule und ein Skiheim gründeten und bis 1987 führten. 1991 wurde Christl Cranz in die „Hall of Fame" des internationalen Frauensports aufgenommen.

Christl Cranz, Adolf Borchers und Franz Pfnür fanden als sportliche bzw. militärische Legenden hohe Anerkennung in der BRD bis ins späte Alter hinein, ihr Zeitgenosse Hansl Brandner fiel an der Ostfront 1945, wohin er gezeichnet und ausgezehrt zwei Jahre zuvor aus seiner KZ – Haft „entlassen" wurde.

Er starb in Russland. Ob er Goebbels Rede im Berliner Sportpalast im Februar 1943 gehört hatte und auf die Frage „wollt ihr den totalen Krieg" mit „Ja" geantwortet hätte, weiß ich nicht, kann es mir aber nicht vorstellen. Ebenso wenig weiß ich, ob er Görings Artikel im Völkischen Beobachter aus demselben Jahr las, in dem dieser angesichts der absehbaren Niederlage in Stalingrad die deutsche Nibelungentreue beschwor und zu Opferbereitschaft und Pflichtbewusstsein aufrief. Das Thema aber wird ihm bekannt gewesen sein, waren die Figuren und Motive der Nibelungensage doch ein recht gängiges Motiv in der völkischen Propaganda seit dem 1. Weltkrieg, wie nicht zuletzt die Verbindung des

Führers mit Wolfgang Wagner und dem „Ring der Nibelungen" zeigt.

Und ich finde das Thema auch auf den Skiern. Zwischen Bodenplatte und dem Haken des Seilzugs ist noch ein in Weiß aufgemalter Helm mit Flügeln zu erkennen, er ähnelt einem Wikingerhelm. Darunter steht „Nibelunge". Der Handwerker in Piding wählte nicht Berge oder verschneite Hänge, nicht Sportler oder Silhouetten des Berchtesgadener Landes als sein Markenzeichen, er ließ die Nibelungen Pate stehen für Skier, die einem jungen Mann in den Anfangsjahren des Krieges zugedacht waren. Schon als Kind haben mich die antiken und die mittelalterlichen Sagen fasziniert, tage- und nächtelang las ich von Heldentaten und träumte mich in die Geschehnisse hinein. Das Nibelungenlied entdeckte ich später als Student und als Lehrer wieder, gefangen genommen von den unterschiedlichen und auch widersprüchlichen Motiven und Figuren. Sind hier doch alte germanische Erinnerungen aus der Völkerwanderung verwoben mit Erzählungen aus der Hochzeit des Mittelalters und der Minne. Brunhild und Krimhild als archetypische Frauenbilder, ebenso die Könige Gunther, Attila und Dietrich von Bern und natürlich vor allen die vermeintlichen Helden Siegfried und Hagen bilden die Kristallisationspunkte und Antipoden der Sage, die in der NS – Propaganda der Verherrlichung des Endkampfes und der tapferen Männlichkeit diente. Mit den Worten Görings, die man nur im Original passend wiedergeben kann: „... wir kennen ein gewaltiges, heroisches Lied von einem Kampf ohnegleichen, das hieß >Der Kampf der Nibelungen<. Auch sie standen in einer Halle von Feuer und Brand und löschten den Durst mit dem eigenen Blut- aber kämpften und kämpften bis zum letzten. Ein solcher Kampf tobt heute dort, und jeder Deutsche noch in tausend Jahren muß mit heiligen Schauern das Wort Stalingrad aussprechen und sich erinnern, daß dort Deutschland letzten Endes doch den Stempel zum Endsieg gesetzt hat! ... Und dieses Opfer, meine Kameraden, ist ja etwas, das von jedem von euch zu jeder Stunde und an jedem Ort ebenfalls gefordert werden kann. [...] Vergesse er [der Soldat] nicht, daß zu den vornehmsten Grundlagen des ganzen Soldatentums neben Kameradschaft und Pflichttreue vor allem die Opferbereitschaft immer gegolten hat. Es hat immer kühne Männer gegeben, die sich geopfert haben, um etwas Größeres für die anderen zu erreichen". Die Wirkungskraft dieser Propaganda habe ich nie wirklich verstanden, zu widersprüchlich scheint mir die gleichzeitige Inanspruchnahme Hagens als germanischer, ur-deutscher und treuer wie opferbereiter Held einerseits und der Lichtgestalt Siegfried als arisches, blondes und schier unbesiegbares Vorbild anderseits. Beide laden schwere Schuld auf sich, beide sterben wie auch alle Nibelungen, besser: Burgunder, in der Königshalle von Attilas Burg. Letztlich verkünden Goebbels und Göring ganz offen den Tod und den Untergang der Deutschen, man und frau folgten ihnen dennoch.

Mein Vater hat die Skier wenig benutzt, er kam im selben Jahr wie Hansl Brandner, den „totalen Krieg" Goebbels und die Nibelungen – Treue Görings vielleicht in den Ohren, an die Ostfront und kehrte erst 1950 „kriegsbeschädigt" aus der Gefangenschaft zurück. Die Skier haben ihn nicht mehr so arg interessiert.

# Der größere Ort

„Ich bin doch nicht ihr Sklave" sagte mein Mitschüler Clemens mit sanft - spöttischem Augenaufschlag unter den lockigen, langen, schwarzen Haaren zu unserem fast kahlköpfigen, rundlichen Mathematiklehrer der 9. Klasse im Gymnasium auf die Anforderung hin, die Tafel zu wischen. „Machen Sie ihre Zahlen doch selber weg." Der Lehrer, gefürchtet ob seiner Strenge und seines seltsamen Humors – er ging bei Klassenarbeiten gern durch die Reihen und versetzte einem von hinten unversehens einen Hieb mit der Bemerkung „ein kurzer Schlag auf den Hinterkopf stärkt das Denkvermögen" – war fassungslos, lief rot an, rang mit der Luft und verließ fluchtartig das Klassenzimmer. Ich war erstarrt und stumm vor Bewunderung, der Moment haftete sich mir ins Un- und Unterbewusste.

Früher noch, eine andere Begebenheit in der Volksschule in Piding, in der dritten Klasse: Ein Mitschüler aus einer kinderreichen Familie im sog. Lager im Ortsteil Piding – Au war nicht im Unterricht. Das Gerücht ging um, er treibe sich am Ufer der Ache herum. Unser Lehrer, der schon erwähnte jähzornige und schlagfreudige, sammelte uns hinter der Schule und verteilte die Aufgaben für eine Suche und Treibjagd. Wir schwärmten aus, fanden den Mitschüler und trieben ihn stolz zum Schulhaus. Der Lehrer krempelte die Arme hoch, wählte bedächtig aus seinem Arsenal von Weidenruten aus, indem er sie prüfend durch die Luft zischen ließ, und prügelte den Armen vor unseren Augen windelweich. Noch heute schäme ich mich fürs Mittun.

Die beiden Szenen, anzusiedeln in den Jahren 1963 und 1969, markieren einen Wandel der Zeit. Eigene Scham mildert mein Urteil über die vielen Mitläufer und Mittäter der NS – Zeit und die oft ungebrochenen Traditionen wie Kontinuitätslinien in der Nachkriegszeit, ohne dass ich die Verbrechen und die individuelle wie kollektive Verantwortung relativieren wollte. Zu verführerisch und leicht, zu selbstverständlich und normal, zu dynamisch und in kleinen Schritten gestaltete sich die Bildung einer rassistischen Volksgemeinschaft, zu der man und frau gehören wollten. Teil zu werden eines größeren Körpers war die Sehnsucht, Mitglied eines Gemeinwesens zu sein, auf das man stolz war und dem man gehorchte wie die Finger dem Gehirn.

Bereits 1936 thematisiert Ernst Bloch die Korrespondenz von Hingabebereitschaft und Verführungsgewalt anhand der Fabel vom Magen und den Gliedern, mit deren Erzählung der römische Patrizier Menenius Agrippa im 5. Jahrhundert v. Chr. angeblich die aufständische Plebs zur Rückkehr in die Stadt und die vorgegebene Ordnung bewegt. Er sieht in dieser die Volksgemeinschaft propagierenden und Gegensätze verneinenden Geschichte das „Urmodell der sozialdemagogischen Lüge" und bezeichnet den Fabulierer als den „ältesten Sozial – Goebbels" der Geschichte.

Es braucht das Beispiel vieler einzelner Personen und Augenblicke, die mit kindlichem Blick wie bei des Kaisers neuen Kleidern und mit ironischer Lebensfreude die alten und neuen Mächte entlarven und zum Abtritt bewegen. Dass dies 1969 noch lange nicht getan war und dass sich auch die Pädagogik bewegen musste und muss, mag ein kleines statistisches Detail belegen: In der ersten Klasse des Gymnasiums waren wir 44 Schülerinnen und Schüler, die durch das Nadelöhr der Aufnahmeprüfungen in die Oberschule, wie das Gymnasium in der Rangordnung der Schularten genannt wurde, eintraten. Davon waren beim Abitur noch sechs dabei – und es waren nicht die Intelligentesten und Begabtesten im Sinne einer geistigen Elite, sondern die Anpassungsfähigsten. Die stumme Bewunderung für Clemens' Aktion konnte ich erst viel später ins Bewusstsein holen und in Aktivität umsetzen.

Ein Wandel auch im Dorf. Hatte Piding zwischen 1840 und 1871 knapp 600 Einwohner, so stieg die Bevölkerungszahl auf ca. 900 im Jahre zur Jahrhundertwende und auf 1181 im Jahre 1939. Das lässt sich leicht mit verbesserter Hygiene, Ernährung und medizinischer Versorgung erklären, die Kindersterblichkeit sank. Fünf

Jahre nach dem Krieg zählte der Ort – trotz kriegsbedingter Verluste und Toter – 2560 Einwohner und verdoppelte in der Zeit des Wirtschaftswunders bis heute die Einwohnerzahl auf über 5000. Die Erklärung ist nicht selbstverständlich und doch einfach.

Das oben angesprochene Lager entstand in der Nähe des Bahnhofs als Durchgangs- und Auffanglager im September 1945 in Gestalt von vier rechteckigen Hallen, die vorher der Wehrmacht als Futterlager gedient hatten. 2030 Betten standen hier nach Angaben des Roten Kreuzes zur Verfügung, die überbelegt waren mit 43.000 Menschen, die allein im Oktober 1945 ankamen. Im Jahre 1946 werden 259 Züge mit 220.262 Personen registriert, die durch das Pidinger Lager geschleust wurden – für sie war der Dorfname wohl der Inbegriff von Hoffnung. Lässt man die Zahlen wirken und übersetzt sie in Einzelschicksale, kann man nur den Hut ziehen vor einer gewaltigen Integrationsleistung, und der „Wir schaffen das" - Satz von Kanzlerin Merkel angesichts der Flüchtlingsströme 2015 wirkt angemessen und realistisch. Die Verwaltung und Politik Bayerns wollten ihn nicht hören und sich nicht mehr an die eigene Geschichte erinnern.

Es kamen erst Sudetendeutsche, die nach dem Münchner Abkommen 1938 „heim ins Reich" geführt wurden, dann auch „Displaced Persons", dann Flüchtlinge oder so genannte Volksdeutsche aus den Ostgebieten des Reiches, die vor der Roten Armee Schutz suchten, und schließlich Menschen aus dem Balkan, die als ehemalige Verbündete des Reiches, vor allem in Kroatien, vor der Herrschaft Titos flohen.

Eine etwas wilde Mischung, die sich bis zum Ende des Lagerbetriebs 1962 sortieren sollte und ihren Ausdruck in einer Zweiteilung fand: Neben dem Durchgangslager entstand ein Wohnlager, vorwiegend für so genannte Volksdeutsche und Sudetendeutsche. Mein geschlagener Mitschüler stammte wohl aus einem Milieu, das wir heute als prekär mit Migrationsgeschichte bezeichnen würden. Über sein weiteres Schicksal und das seiner Familie weiß ich nichts. Andere zogen weiter. So traf ich in meiner Zeit als Lehrer und Oberstufenleiter in einer hessischen Gesamtschule auf eine Schulamtsleiterin, mit der sich trotz politischer und pädagogischer Differenzen ein respektvolles und fachlich fundiertes Vertrauensverhältnis auf Distanz entwickelte bis hin zu einem Empfehlungsschreiben, das sie mir für die Bewerbung auf eine Schulleiterstelle ausstellte. Im Gespräch erwähnte ich einmal meinen Heimatort. Sofort horchte sie auf und fragte nach. Sie war mit ihrer Familie als Kind aus Kroatien nach Deutschland gekommen und hatte dabei einige Monate in Piding im „Lager" gelebt. Eigentlich hätten wir uns in der Volksschule begegnet haben können, erinnern konnte sich keine/r von uns. Die Eltern anderer Mitschüler blieben im Ort, arbeiteten häufig in der benachbarten Holzspielwarenfabrik oder fanden in ihren alten Berufen wieder Anschluss und bauten sich langsam, aber sicher und zielstrebig eine neue Existenz und Häuser auf, aus denen sich der heutige Ortsteil entwickelte. Sie integrierten sich und veränderten gleichzeitig – meist waren sie von der Konfession her evangelisch in einem bis dahin rein katholisch geprägten Umfeld und über viele Jahrzehnte hinweg stellte die SPD nun ein Drittel der Gemeinderäte, was noch in meiner frühen Kindheit als anrüchig galt.

Der Ort wuchs, die Tourismusströme in der Zeit des Wirtschaftswunders brachten im Sommer Scharen von Gästen ins Dorf und in Haus. Sie waren Gäste, wurden aber als Fremde bezeichnet, die vermieteten Zimmer waren „Fremdenzimmer", und ich erlebte am eigenen Leib wie viele in der Region, dass Kinder- und Schlafzimmer an zahlende Gäste vermietet wurden. Es entstand eine merkwürdige Melange aus bayrischem Selbstbewusstsein und Entfremdung. Johlende Heimatabende und volkstümliche Blasmusik setzten die NS – Aktionen „Kraft durch Freude" und Volksgemeinschaft fort und hinterließen bei denen, die nicht teilhaben wollten oder konnten, ein schales Gefühl der Leere und des stummen Rückzugs oder offenen Protests.

Manchmal sammeln sich in einer Generation derartige Widersprüchlichkeiten und finden Ausdruck in der Kultur. Es entsteht eine Dichte an Expressionen, die vorher oder nachher in dieser Region nicht mehr auftaucht. Dafür steht nicht nur mein Mitschüler Clemens, der später Dichter, Schriftsteller und Dramaturg wurde und in die Fußstapfen seiner Eltern Günter Eich und Ilse Aichinger trat; mit seinem „Das steinerne Meer" hat er die Grenzen ausgelotet zwischen den Generationen und zwischen den Nachbarländern anhand des fiktiven Muna, dem realen Großgmain und ehemaligen „sündigen Dorf" nachempfunden. Aus Kroatien stammt, wie meine ehemalige Schulamtsleiterin, Miroslav Nemec aus Freilassing; man kennt ihn als Tatort – Kommissar, wir kannten ihn in jungen Jahren als Leadsänger der Rock-Band Asphyxia, zu der wir in Jugendzentren und zu Open - Air-Konzerten pilgerten auf der Suche nach einem anderen, eigenen Lebensgefühl; noch heute tritt er manchmal mit der Band auf. Ebenfalls aus Freilassing kommt der Fußballer Paul Breitner, der sich in jungen Jahren im Afro - Look unter einem Mao – Poster abbilden ließ und neben seiner sportlichen Karriere an der PH München Pädagogik und Psychologie mit dem Berufsziel Sonderschullehrer studierte. Den Schriftsteller Robert Hültner aus Inzell habe ich bereits erwähnt, sein „Tödliches Bayern" mit den Beschreibungen der Hintergründe von historischen Mordfällen zeichnet ein Bayernbild anderer Art durch die Jahrhunderte. Musikalisch hat der Arzt und inzwischen mit Kulturpreisen, sogar mit bayerischen, ausgezeichnete Kabarettist Georg Ringsgwandl seiner Heimat aus einem so genannten Glasscherbenviertel zwischen Piding und Bad Reichenhall mit „Staffabruck" (Staufenbrücke, wo der älteste Grenzstein zwischen Baiern und Österreich steht) ein Denkmal gesetzt und seine Oma gewürdigt. Auch der Liedermacher Hans Söllner stammt aus der Gegend, aus dem benachbarten und in Bad Reichenhall eingemeindeten Marzoll, und setzt die anarchische Variante der bayrischen Volkskunst mit seiner Widerständigkeit gegen Staat und Bürokratie fort. Sie alle sind, jeder auf seine Art, Querdenker und Individualisten, die sich nicht vereinnahmen lassen wollen. Sie tragen Puzzlestücke zu einer anderen, zu einer humanen Tradition und Geschichte bei und leihen ihre Stimme anderen. Damit setzen sie die Arbeit ihrer Vorgängergenerationen Graf, Achternbusch, Kroetz, Bierbichler und anderer fort. Ein Dank ihnen.

Nun sind in den letzten Jahrzehnten mit den Misthaufen auch die Bauernhäuser aus dem Ortsbild verschwunden, der Tourismus hat sich verändert und bringt statt der bisweilen übergewichtigen Dauergäste drahtige Radler und Kletterer oder Kurzübernachter auf dem Weg nach Kroatien ins Dorf. Piding hat sich zu einem schmucken Wohnort mit regem Vereinsleben in Sachen Sport und Brauchtum entwickelt für Menschen, die in den umliegenden kleinen Städten und auch in Salzburg arbeiten. Der „kleine Grenz-verkehr" (Erich Kästner) funktioniert trotz der Staus, die von den Kontrollen auf bayrischer Seite am Walser Berg und von den Aus-fahrtverboten an der Tauernautobahn auf Salzburger Seite beglei-tet werden. Immer schon fanden die Menschen über die Grenze, mal als Schmuggler oder Händler, mal als Käufer oder Woh-nungssuchende. Hatte das Kaufhaus Traxl in den 1960er Jahren viele Kunden aus Österreich, so fährt man heute in die andere Richtung zum Tanken. Grund war und ist das Preisgefälle auf-grund recht unterschiedlicher Steuersätze, das sich auch auf Mie-ten und Immobilienpreise erstreckt: Etwa 8% der Pidinger sind inzwischen Österreicher, Tendenz steigend. Und die Gewerbege-biete mit Outlet-Zentren am Ortsrand und die überregional be-kannte Molkerei spiegeln die Wandlung Bayerns wider von ei-nem der Armenhäuser der Republik und vom Empfänger der Zahlungen aus dem Länder – Finanzausgleich hin zum prospe-rierenden Land und zum Netto – Zahler.

# Der Tisch

Er rührt mich, wie er so daliegt, ganz hinten in der Ecke des alten Stalles zwischen all dem Gerümpel. Nur Teile sieht man. Grau verwittertes Holz, tiefe Furchen in den Brettern, grob mit Nägeln zusammengefügt, massenhaft Löcher und Bahnen von Holzwürmern über Tage, ausgefallene Astlöcher an den Seiten, Einbuchtungen an den Rändern. Nicht klassisch schön, keine Antiquität. Aber Charakter. Wie das Gesicht eines alten Menschen voller Falten und Runzeln, die von Gelebtem und Erlebtem künden.

Er bewegt mich, fordert mich zum Handeln auf. Ein zufälliger Test: Mit Kerstin, einer Kollegin, im Stall und „den würde ich gerne haben" sagt sie. Dann mit Nathalie, einer Schülerin, dort auf der Suche nach Möbel fürs Schülercafe; ein Rundblick von ihr und „der Tisch da hat Klasse". Mehr Bestätigung brauche ich nicht.

Ich frage Werner, den Besitzer des Guts Biberkor, nach dem Tisch. Er will Bedenkzeit.

Biberkor liegt im Berger Ortsteil Höhenrain auf einer lang gezogenen Hochebene zwischen den in der Eiszeit entstandenen Tälern von Loisach bzw. Isar und der Würm, die den Starnberger See speist und sich als kleines Flüsschen dann weiter gen München schlängelt. Die Gegend hat mich für sich eingenommen, als ich auf Wohnungssuche war und mich zwischen den Varianten Stadt mit Fahrt zur Arbeit auf dem Land oder Land mit Ausflügen in die Stadt zu entscheiden hatte. Trotz der Nähe zu München und der vielen Villen am Ostufer des Sees merkt man beim Radeln oder Spazieren auf dieser Hochebene nicht viel von Reichtum und Dünkel, man sieht kleine und größere Bauernhöfe, viel Vieh auf den Weiden, idyllische kleine Kirchen und spürt funktionierendes Dorfleben, das die Bewohner mit Zugangsbeschränkungen bei Grund- und Immobilienvergabe und mit kommunalem Wohnungsbau zu schützen wissen.

Ein ehemaliges Klostergut ist Biberkor, das 1080 erstmals in der Urkundensammlung des Klosters Ebersberg auftaucht. Es gehörte im Laufe der Jahrhunderte den Grafen von Hörwart, den Klöstern Tegernsee, Andechs und Scheyern und ab 1880 dem Fabrikanten Böhringer. 1961 übernahm es dann der von Pater Rupert Mayer gegründete Orden der „Schwestern von der Heiligen Familie". Diese betrieben dort Landwirtschaft und Tierzucht, ein Alten- und Erholungsheim sowie ein Exerzitienhaus. 1995 kaufte der Bauunternehmer Werner von Kahlden-Gmell das Gut und ermöglichte dort den Aufbau der Montessorischule Biberkor, die 2001 ihren Betrieb aufnahm. In dieser Schule habe ich sieben Jahre als Lehrer und Schulleiter gearbeitet und die These vom „Raum als dritter Pädagoge" bestätigt gesehen. Ein weitläufiges Gelände, merkwürdig zweigeteilt durch das Zusammenspiel des alten Klosterbaus und des neuen Schulgebäudes. Der Altbestand mit der ehemaligen Kapelle und dem Glockentürmchen auf dem Giebel bildet zusammen mit dem früheren Rinderstall unter dem gut erhaltenen Dachstuhl und einem Wirtschaftsgebäude aus den 1960er Jahren ein Karree, in dessen Zentrum eine hoch gewachsene Linde steht, um die herum Sitzbänke zum Verweilen einladen. Das Gelände öffnet sich nach Osten hin zur aufgehenden Sonne und zu den Gartenprojekten. Hier mag man gerne sein und Teil des Ensembles werden. Ruhe entsteht. Das neue Schulgebäude, lichtdurchflutet mit Unterrichtsräumen links und rechts des Ganges, schmiegt sich in leichter, schlangenartiger Wölbung ans Gelände und an den Rinderstall an und bildet zusammen mit der Rückseite der Kapelle einen weiteren Hof zum Sitzen, Spielen und Lernen. Ästhetisch ein wunderbarer Entwurf, die lang gezogenen Gänge aber laden zum Rennen und Hasten ein, hier will man immer irgendwo anders hin. Unruhe entsteht.

Kurz zurück zum Gut Biberkor. Aus dem mehrfachen Besitzerwechsel kann man schließen, hier ein wenig dem Kramerhaus ähnelnd, dass Biberkor interessant genug war, es haben zu wollen, dass es aber nicht wertvoll genug war, es behalten zu wollen. Vielleicht sahen die diversen Grafen, Äbte und Unternehmer jeweils Chancen („Potential"), die sie aber nicht umsetzen und realisieren konnten. Möge sich dies mit Montessori Biberkor ändern.

Werner meinte, der Tisch hätte in der Fleischerei des Klosters gestanden. Dafür sprechen auch die Spuren am Rande, wo man sich einen massiven Fleischwolf vorstellen kann, diverse Haken zum Aufhängen von Gerätschaft und die Höhe des Tisches, die mehr auf einen (Hand-) Arbeitstisch denn auf eine Verwendung im Speisesaal hinwies. Vermutlich stammt er also aus den frühen 1960er Jahren. Ich weiß nicht viel von diesem Orden, auch nicht, warum er nach recht kurzer Zeit das Gut aufgab oder aufgeben musste. Nicht verwirklichtes Potential?

Ich durfte nach der Bedenkzeit den Tisch mitnehmen. Es folgten dann in Piding, hinter dem alten Kramerhaus, Anti-Holzwurm-Behandlungen, Schleiferei und Schmirgelei, Ölen und Polieren. Jetzt steht er im ehemaligen Laden, der zur neuen Küche und zum Zentrum des Hauses wurde, zwischen den alten, auf einem Mannheimer Flohmarkt gekauften, Buffet und Bäckerschrank und lädt zum Tafeln und Verweilen ein.

Werner hatte mir bei der Übergabe das Versprechen abgenommen, wirklich etwas mit dem Tisch zu machen, ihn nicht einfach zu verfeuern.

Zu Neujahr habe ich ihm ein Bild des Tisches geschickt.

# Die Reste – überall

Der Satz, im Streit und Zorn gesprochen, sollte treffen. „Du bist so ein Traditionalist", meinte eine Freundin vor Jahrzehnten wohl wissend um mein, vielleicht nachpubertäres, Leiden an Haus und Heimatort, wo ich nicht sein wollte und die ich doch nicht lassen konnte. Ich war nicht bereit für einen völligen Neuanfang an anderer Stelle, für Hauskauf auf Schulden und Aufbau einer neuen Heimat, konnte mich nicht festlegen und ganz hingeben. Lieber fuhr ich in den Ferien zurück, stöberte auf dem Dachboden und wanderte auf die umliegenden Berge, arbeitete an alten Schränken und träumte vor mich hin. Ich konnte meine Zwiespältigkeit nie wirklich erklären, anderen nicht und mir selbst auch nicht.

Einen Ansatz finde ich nun in einem etwas abgegriffenen Taschenbuch, das ich beim Umräumen aus den Regalen in meinem ehemaligen Kinderzimmer in die Hand nehme; ich hatte mir über die Jahrzehnte angewöhnt, hier gelesene Bücher vor Ort abzustellen und mich dann immer beim Wiederkommen darüber zu freuen, welche halb oder ganz vergessenen Schätze da doch stehen und auf einen Moment der Aufmerksamkeit warten.

Jean Amerys „Wieviel Heimat braucht der Mensch" lässt mich beim Durchblättern die Aufräumarbeit vergessen. Heimat sei Kinder- und Jugendland, meint der als Hanns Mayer und Österreicher geborene, als Jude verfolgte und als Widerstandskämpfer gefolterte Jean Amery, der verschiedene KZs überlebt und immer wieder in die Gegend seiner Kindheit, ins Salzkammergut, zurückkehrt. Man könne keine neue Heimat anderswo aufbauen, meint er, und ein Wiedereintritt in den Raum bringe die verlorene Zeit nicht zurück. Er nimmt sich 1978 in Salzburg das Leben.

Amery, der zwangsweise Entwurzelte und seiner Orientierung Beraubte, sieht vor allem die älteren Generationen darauf angewiesen, in einer Umgebung zu wohnen, die Geschichten erzählt: man wolle wissen, wer vorher das Haus bewohnte, und an den kleinen Unregelmäßigkeiten der Möbel den Handwerker erkennen.

Ist es das, was mich treibt - Wissen und Erinnern, die Suche nach meiner Ordnung, nach mir, durch das Aufstöbern alter Dinge und das Wiederverwerten von Ausrangiertem, durch das Aufbewahren und das Spazierengehen im Haus?

Manches spricht dafür. Neben den Fundstücken, deren Geschichte ich zu ergründen und mit dem Haus zu verbinden suche, habe ich so manches aus meinen verschiedenen Wohnorten hier versammelt. Keine wertvollen Antiquitäten oder Accessoires, sondern einfache Gebrauchsgegenstände und auch Skurriles. Vom Pidinger Dachboden stammen noch einige Möbelstücke ohne Geschichten, die mit dem Jugendstil – Buffet und dem alten Bäckerschränkchen von Mannheimer Flohmärkten ein Ensemble bilden. Ebenfalls aus Mannheim, ich wohnte dort in vier Wohnungen in 20 Jahren, stammen das kleine, jetzt blau lackierte Bänkchen neben dem Eingang und das Serviertischchen im Wohnzimmer. An die Heppenheimer Zeit erinnern mich die beiden Tische aus der Grundschule Unterhambach mit Tintenfassbehälter und Haken für den Ranzen; ich habe sie abgeschliffen und mit Rollen auf Erwachsenenniveau erhöht, so dass sie als Servierwagen dienen oder zu einem quadratischen Tisch zusammengestellt werden konnten. Eine ehemalige Schülerin, die nach dem Abitur als Buchhändlerin im hessischen Städtchen arbeitete, hatte mir den Hinweis auf eine Entrümpelungsaktion in ihrem Geschäft gegeben – die beiden Drehregale, ursprünglich für Kinder-taschenbücher gedacht, beherbergen jetzt Reiseliteratur und bay-erische Autoren. Aus meiner kurzen Wiesbaden – Ära habe ich noch einen Klapptisch im Hof und ein altes, schnell rostendes aber sehr scharfes Küchenmesser in Gebrauch. Schaue ich mich jetzt im Haus um, dann sind da überall vertraute Gegenstände, abgegriffen und benutzt, bekannt und praktisch. Lediglich die Küche ist neu, aber im Stil passend durch die Verwendung von echtem Holz und charmanten Retro – Geräten. Nur aus meinen Studienjahren in Heidelberg ist nichts Handfestes geblieben au-ßer vielen Erinnerungen wie zum Beispiel an die Plastiktüte, in der ich nach der nächtlichen Gründerversammlung der Kneipe die 30.000 DM in bar für den Abstand und die GmbH – Gründung nachhause in meine Wohngemeinschaft nahm – am nächsten Morgen arg erstaunt über das Vertrauen der anderen und mein eigenes Zutrauen.

Heimat verbindet Amery mit Sicherheit und Orientierung, die von Kennen zu Erkennen, von Trauen zu Vertrauen und Zu-trauen führe. Ich hätte die Prämisse früher wohl abgelehnt, zu eng und unfrei schienen mir Haus, Familie und Dorf und zu sehr de-finierte ich mich in Abgrenzung dazu, ohne eine gewisse Dialek-tik zur erkennen, die sich auch auf dem kleinen Tischchen im Wohnzimmer spiegelt: da liegen der neue Atlas der Globalisie-rung mit dem Titel „Welt in Bewegung" und das neue Kursbuch „Heimatt" einträchtig nebeneinander, manchmal aufeinander und sich überlagernd. Georg Seeßlen weist im Kursbuch auf „Se-gen und Fluch der bayerischen Heimatfabrikation" hin, auf die Heimat als Gefängnis und auf eine Bestätigung in der Negation durch die bayerische Kunst. Vielleicht würden die bereits er-wähnten Eich, Ringsgwandl, Söllner und andere seine These be-stätigen, dass einer umso bayerischer werde, je mehr er dagegen anschreie. Auf Oskar Maria Graf trifft es sichtlich zu, ging er doch im New Yorker Exil nur mit Lederhose aus dem Haus. Vielleicht aber ist dies doch eine schlichte Zuspitzung der Pointe wegen und zu einfach, zu sehr schwarz – weiß dargestellt.

Bei Amery finde ich auch eine etwas melancholisch wirkende Bemerkung: Junge seien die, die sie sind und die sie werden können, während Alte ihren Kredit auf die Zukunft erschöpft hätten und nur noch die seien, die sie sind. Das wirkt mir zu resignativ und erschöpft. Lieber greife ich den vom griechischen Dichter Pindar entlehnten Wahlspruch des Heppenheimer Reformpädagogen und Gründers der Odenwaldschule, Paul Geheeb, auf: Werde der Du bist, indem Du lernst. Hier verbinden sich das Sein mit dem Werden, die Gegenwart mit der in ihr angelegten Zukunft ohne Altersbeschränkung. Ich genieße es durchaus, keine beruflichen Verpflichtungen, Termine und Pläne oder Projekte mehr zu haben, fühle mich aber noch lange nicht fertig und am Ende meiner Wege oder Spaziergänge.

Dazu passt das eingangs zitierte Gedicht des spanischen Lyrikers Antonio Machado, der während des spanischen Bürgerkrieges auf Seiten der Republik stand und auf der Flucht vor den siegreichen Frankisten nach Frankreich floh, kurz nach der Grenze starb und in Collioure begraben ist. „Der kurze Sommer der Anarchie" (Hans Magnus Enzensberger) und „Wege entstehen beim Gehen" oder „Der Weg ist das Ziel" als verbindendes Motto von Anarchisten, Buddhisten und Alpinisten begleiten mich als Themata seit Studienzeiten.

# Das Rätsel - ungelöst

Eine Niederlage, gefühlt und ärgerlich. Ich finde keine schlüssige Erklärung, keine Erzählung für die Schriftzeichen und Zahlen, die in einem Verschlag oben auf dem Dachboden gleich hinter der Tür und dem ehemaligen Flaschenzug in die Bretter der Dachschräge eingeritzt und hingekritzelt sind.

Zahlen sind deutlich erkennbar, immer vier hintereinander: 1867, 1877, 1884, 1898. Weniger klar, aber sichtbar dann noch 1902 und 1941. Es scheinen Jahreszahlen zu sein, denn für Mengenangaben oder Rechnungen geben die Kombinationen keinen Sinn. Ich finde aber in der Hausgeschichte keine genau passenden Bezüge. Hausübergaben bzw. Eintragungen haben allerdings in den Jahren 1868, 1883, 1897 und 1902 stattgefunden, sie betreffen die drei Ehen des Johann Baptist Fuchs und abschließend den Verkauf an Otto Müller. Stellen sie als Notizen Bestandteile einer, eher rustikalen, Inventur und Bestandsaufnahme dar?

Dann müssten die Buchstaben daneben dazu gehören. Es sind meist drei oder vier Schriftzeichen, die ich nicht zuordnen kann. Ich erkenne lateinische Buchstaben wie c oder t, aber nicht durchgängig; auch Sütterlin ließe sich in Ansätzen mit einem ß erkennen, auch nur vereinzelt. Sinn ergibt keine Variante. Viel habe ich rumgefragt, bei Freunden und Verwandten und an der Universität, aber keine schlüssige Antwort erhalten. Einen Hinweis auf kyrillische Schrift verfolge ich, finde aber nur mit sehr viel Phantasie ein „sliw", das für Abzapfung oder Sliwowitz stehen könnte, der aber wohl eher im Keller gelagert worden wäre. Auch das Nachschauen bei alten germanischen Schutzzeichen, wie man sie oft noch auf Almtüren sehen kann, bleibt arg spekulativ mit Vermutungen wie N (Hagalaz) für Hagel, B (Berkano) für Birke und < (Kenaz) für Kien oder Zapfen.

Über Namen habe ich ebenfalls nachgedacht und ein wenig spekuliert, ob hier oben Angestellte oder Wanderarbeiten vorübergehend hausten. Dann hätten sie sich aber wie Häftlinge in einer Zelle „verewigt", was wenig wahrscheinlich scheint und auch nicht zu dem kleinen Geschäftsbetrieb in Familienhand passt. Erzählungen darüber gibt es auch keine.

Das Rätsel bleibt vorerst ungelöst und beschäftigt weiter.

# Die Statik

Architektur und Bauweise bestimmen die Wege und Plätze auch eines Hauses, machen es nach der Einrichtung zu einer Immobilie, zu Unbewegtem und Unbeweglichem. Man selbst passt sich den Gegebenheiten an, wird Teil des Immobiliars, wandelt sich vom Subjekt zum Objekt. Das Haus wiederum prägt nun den Bewohner und wird so aktiv, bleibt nicht im Passiv. Dieses Wechselspiel, ein dialektischer Dialog gleichsam, kann fruchtbar werden durch eine Form von Resonanz, wie sie Hartmut Rosa in Zusammenhang mit der Beschleunigung unserer Tage beschreibt: Das Gegenmittel zu der allseitigen "Entfremdung" sollen die "Resonanzerfahrungen" sein, mit denen Menschen in der Welt Anklang finden und sich in ihr "zu Hause" fühlen können. Auf einer Postkarte finde ich dazu passend Jean Tinguelys Plädoyer „Für Statik" aus dem Jahre 1959 und fühle mich angesprochen. Er begreift Statik angesichts permanenter Veränderung und Entwicklung als das Dasein in und mit der Bewegung. Frei sein bedeute, Werte und Zeit und Orte nicht festhalten und verewigen zu wollen, sondern im Hier und Jetzt und damit im Wandel zu leben.

Es ist Zeit für eine kurze Beschreibung des Hauses, die vielleicht früher angestanden hätte; sie war aber nicht wirklich wichtig fürs Flanieren und dient jetzt als kleiner Rückblick, geschrieben als Skizze irgendwann vor Monaten im Winter.

Das alte Kramerhaus ist geprägt durch das Fehlen von 90° Winkeln und den Versuchen aus der 2. Hälfte des 20. Jahrhunderts, gerade Wände und Decken und damit auch rechteckige Winkel einzuziehen bzw. anzubauen. Es entstand ein Grundriss mit insgesamt sechs Ecken und Wänden, die auf einer Seite direkt an der Straße stehen und auf einer anderen Seite einen Teil der Friedhofsmauer bilden, die vorne zum Parkplatz des neuen Geschäftshauses zeigen und hinten auf einen kleinen Hof hin zum Friedhof führen. Ein gedrungener und klein wirkender Bau, der erst im Inneren eine relativ große Grundfläche mit vielen kleinen und sehr niedrigen Zimmern aufweist.

Man betrat es durch die nach Süden ausgerichtete Haustür, nach der es links in die kleine und dunkle Küche und rechts in die Stube ging. Gleich nach dem Eingang führte die steile, braungestrichene Treppe nach oben, wo sie in einem schmalen Steg mit Geländer zu einer Tür linkerhand und einem ebenso schmalen Durchgang zum Flur rechts endete. Geradeaus ging's in ein kleines Zimmer, rechts führte der schmale und niedrige Flur durch einen weiteren kleinen Durchgang links zu einer Toilette und nach rechts zu zwei kleinen, unbeheizten Kammern auf der linken Seite und zu Omas Schlafzimmer rechts. Dazwischen geht eine schmale und steile Treppe zum Dachboden hoch. Wieder zurück ins Erdgeschoss. Von der Stube ging's durch einen nachträglich eingebauten Rundbogen in einen kleinen Raum, rechts davon als Hintereingang in den ursprünglichen Laden, über eine Falltür, die in den dunklen und feuchten Keller führte. Der Eingang zum Laden war an der Straßenseite, geschützt noch durch eine massive Rundtür mit Riegeln und einer Fensterluke.

Ursprünge lassen sich erahnen. Der alte Laden hatte wohl nach Norden hin zum Petersplatz ein Einfahrtstor, nach Osten hin und an der ehemaligen Salzstraße gelegen schützte die massive Tür vor ungebetenen Besuchern des Ladens, der private Eingang lag nach Süden gerichtet mit Blick auf Altwirt und die umliegenden Berge, und zu Wetterseite nach Westen hin gab's eine Mauer mit kleinen Fenstern hin zur Holzhütte und zu Kirche wie Friedhof. Dicke Wände und eher kleine Sprossenfenster kennzeichnen das Haus. Als Adjektive fallen ein: eng, dunkel, verwinkelt, braun, niedrig – also beengend. So hab' ich's als Kind kennen gelernt und mich an manchem gefreut, so hab' ich's als Jugendlicher mit Unwohlsein und Beklemmung erlebt.

Seit 1999 gehört's mir offiziell. Seitdem setze ich die Instandhaltung meiner Eltern fort, jedes Jahr wurde etwas gemacht, mal Unabwendbares wie Rohre, Außenfassade, Heizung etc., mal Renovierungen und Gestalterisches, während bis Sommer 2018 Mieter im Haus wohnten. Lange Zeit war hier eine Frühstückspension, dann eine Ferienwohnung, dann Festvermietung in zwei Wohnungen. Dazu hatte ich das Haus durch den Einbau einer Tür auf der Westseite und einer Treppe vom alten Laden ins Obergeschoss vertikal geteilt. Die alte Holzbalkendecke mit ihrer geringen Schalldämmung wäre für Bewohner des Erdgeschosses nicht zumutbar gewesen, und jetzt freue ich mich über die darüber gewonnene Offenheit in der neuen Küche. Da hat sich eins zum anderen gefügt.

Einen Plan fürs Ganze hatte ich nie. Aber einen roten Faden: Weg vom Braun, weg vom Engen und Dunklen. Ob's nun der Ersatz der Teppichböden durch Parkettplatten war, ob's um den Einbau der Treppe vom Laden zu den Zimmern hoch ging oder um den Balkonanbau oder um die Hüttenverkleinerung oder um die Tür nach hinten raus ging, Schritt für Schritt wiesen in eine ähnliche Richtung bei aller Begrenztheit der Mittel und ohne Klarheit einer bezüglich künftigen Nutzung. Also waren auch immer Kompromisse nötig. Seit August 2018 finde ich mehr Klarheit bei weiterhin begrenzten Mitteln mit entsprechenden Zugeständnissen ans Machbare.

Auf der Suche nach Weite und Raum zum Atmen ist nun die Statik des Hauses verändert, damit sind anders auch die Bewegungen, Plätze und Gänge. Der Eingang ist jetzt „hinten", da wo nie eine Tür war, und ist mit Diele angenehm groß. Der dunkle Durchgang zur Stube ist jetzt Abstellraum, man geht direkt in die neue Wohnküche (ehemaliger Laden) und hat von dort durch den breiten Durchbruch die Verbindung und den Blick zum Wohnzimmer und durch die neue Treppe nach oben den Weg zu Gästezimmer und Bücherzimmer, von dem ein Durchbruch ins

Schlafzimmer und den Vorraum mit Balkon geht. Zentrum, Dreh- und Angelpunkt, gewissermaßen Forum oder Marktplatz, ist die Wohnküche geworden. Gänge sind überallhin möglich, ebenso Ecken und Orte zum Niederlassen, zum Sitzen, Lesen, Träumen.

Mir scheint, ich habe das Haus gerade gerückt. Aus der beengten und einengenden Zweckbestimmtheit und Bedürfnislosigkeit ist ein (relativ) offenes Gebilde geworden, verspielt mal und doch funktional, gemütlich mal und doch klar. Bewegbar und beweglich, mobil im Immobilen.

Seltsam. Als Junger musste ich weg auf der Suche nach frischer Luft und Freiheit, nach mir und meinem „authentischen Selbst", das dem Hirnforscher Gerald Hüther zu Folge in jedem von uns angelegt sei und das wir nur um den Preis der Selbstaufgabe vernachlässigen können. Nun kehre ich zurück und komme einer Verbindung von Heimat und Freiheit näher. Das Haus ist jetzt für mich da, ich habe es zum Atmen gebracht und kann selber drin atmen. Und die Suche nach dem Lieblingsplatz findet immer wieder eine neue Antwort.

Unfertig ist's noch, notierte ich in einem Entwurf im letzten November, und: Die ehemalige Küche im Erdgeschoss wartet auf ihre Bestimmung als Arbeits-, Lese- Gästezimmer. Und noch weiß ich nicht, wie das aussehen wird und was es mit dem Haus und meinen Bewegungen macht.

Ein halbes Jahr später weiß ich ein wenig mehr. In der ehemaligen Küche schreibe ich jetzt und erledige Bürokram, in der neuen Küche habe ich mich eingelebt und eingekocht, die ersten Gäste bewirtet und den Alltag besorgt. Es funktioniert und es ist schön, praktisch und behaglich; ich kann mich bewegen, kann verweilen, fühle mich wohl und genieße den Sommer ohne drängende Bauarbeiten.

# Das Ende, mehrfach

Ein Spielplatz meiner ganz frühen Kindheit war die Schneiderei meines Vaters im Obergeschoss des neuen Hauses. Mit großen, kaum hebbaren Scheren schnitt ich an Stoffresten herum in der Hoffnung auf Fransen für die Indianerhose oder Taschen für Tomahawk oder Messer, meist freundlich begleitet und behütet von Lehrmädchen, wie die weiblichen Auszubildenden damals hießen. Die Maßschneiderei, die auf Genauigkeit, Tradition und Kundentreue setzte, war chancenlos in der aufkommenden Zeit der günstigeren Konfektionskleidung über Versandkataloge und große Modehäuser. So endet 1963 die 60jährige Schneiderzeit im Haus und die mehr als 400 Jahre belegte Schneider – Geschichte der Traxls.

Die Poststelle neben dem Laden und mitten im Ort, wo Briefe und Päckchen aufgegeben, aber auch die Rente abgeholt und Lotto gespielt wurde, betrieb mein Vater von 1963 bis 1986. Es gab danach noch im anderen Ortsteil ein Postamt (ja, damals noch amtlich), bis auch dieses im Zuge von Umstrukturierungen aufgegeben wurde. Heute kann man in einem der Getränkemärkte Post aufgeben und in einem der Outlet-Center-Geschäfte seine Päckchen abholen.

War ich nicht oben in der Schneiderei oder draußen unterwegs, dann meist im Laden zu finden. Ein wirklicher Kramer- oder „Tante Emma" – Laden mit allem, was man alltäglich oder nur einmal jährlich brauchen konnte. Haltbare Lebensmittel und frische Milch, Obstkisten und eine Wurst- wie Käsetheke, Brot und Gewürze gab's da, aber auch Schulhefte und Stifte für alle Jahrgänge und Zeitungen, Stoff und Reißverschlüsse, Knöpfe aller Art und Schuhbändel, Putzmittel und Besen. Und an allen Ecken kleine Nischen, in denen ich Neues entdecken und Vertrautes wiederfinden, Phantasien entwickeln und Geschichten ausdenken konnte. 1982 ging meine Mutter in Rente. Der Laden wurde, bis heute, an einen Bäcker verpachtet und ist jetzt eine halbtags geöffnete Filiale mit Schwerpunkt auf Kuchen und Backwaren und einem kleinen Restbestand an Grundnahrungsmitteln. Warum sollte auch mehr angeboten werden, gibt es doch in den ausgeweiteten Gewerbegebieten des Ortes die allseits bekannten großen Markthäuser, mehr als ein Ort sie bräuchte, aber günstig an den Durchgangsstraßen und in Autobahnnähe gelegen. So endet seither langsam aber unaufhaltsam die über 400jährige Kramertradition des Hauses.

Jetzt bin ich im alten Kramerhaus und richte es für mich zum Wohnen und Spazieren ein. Ein Spielplatz gewissermaßen für den Rentner. Meine Kinder schauen bei ihren Besuchen freundlich auf mein Tun und freuen sich durchaus mit mir. Aber sie haben ihr Leben anderswo eingerichtet und sehen ihre Gegenwart und Zukunft sicherlich nicht in Piding. Wenn es an der Zeit ist, werde ich mich vom Haus wie von einem alten Freund und Weggefährten verabschieden, mit mir wird die Zeit der Traxls im Haus enden wie die der Familien und Bewohner in den vergangenen Jahrhunderten.

Das Haus selber ist mit seinen immer wieder veränderten Funktionen ein Spiegel der Zeit und auch des Dorfes. Es wird stehen, zäh, beharrlich und flexibel. Es wird neue Bewohner aufnehmen und diese zum Dialog einladen, und neue Kapitel aus Zeit und Raum werden aufgeschlagen. Freude angesichts des Vorhandenen und Phantasie angesichts des Gestaltbaren wünsche ich den Nachfolgern.

# Dank

Dem alten Kramerhaus danke ich für all die Fundstücke, Anregungen und Möglichkeiten, auch all meinen Vorgängern fürs Bauen und Kümmern, ohne die ich meine Collagen und Ideen nicht verwirklichen hätte können – ungeachtet der recht unterschiedlichen Vorstellungen von Funktion und Ästhetik. Das Haus hat mich Demut, besser: Respekt, gelehrt. Und ohne das ein oder andere anerkennende und zutrauende Wort über meine Schreiberei hätte ich es wohl bei den ersten Skizzen belassen.

Bei den Recherchen zu Familie und Haus stütze ich mich in erster Linie auf die immens fleißigen Werke von Max Wieser, dazu auf andere regionale historische Schriften. Ansonsten habe ich in Büchern zu bayerischer und salzburgischer Geschichte gelesen, natürlich im Internet gesurft und Assoziationen wie Anregungen aus anderen Zusammenhängen aufgenommen. Das gehört zum Flanieren.

Meine „Spaziergänge in Zeit und Raum" erheben keinen wissenschaftlichen Anspruch, ich habe nicht jede Quelle akribisch geprüft und verzichte auf Einzelnachweise zu meinen Angaben. Fehler oder Ungenauigkeiten liegen in meiner Verantwortung und sind nicht den im Folgenden genannten Büchern anzulasten. Die angegebenen Schriften - selbst etwas überrascht, wie viel beim Spazieren in Zeit und Raum en passant und ohne aktive Suche zusammenkommt – laden zum Flanieren und Bummeln, zum eigenen Sinnieren und Umschauen an eigenen Orten ein.

# Literatur

## Zur Orts- und Lokalgeschichte:

Max Wieser, Pidinger Heimatbuch 735 – 1985, Verlag Staufeneck, 1985

Max Wieser, Schloß Staufeneck, Verlag Staufeneck, 1978

Kurt Enzinger, Högl, Hrsg. Gemeinden Ainring, Anger, Piding, Rupertus Verlag, 2006

Josef Streibl, Der Högl und seine Höfe und Familien, Hrsg. Gemeinde Högl, 1969

Willibald Lechner, Chronik von Anger, Wiedemannsche Druckerei Bad Reichenhall, Reichenhaller Grenzbote, ohne Jahr (die Chronik weist einen Nachtrag zur „neueren Zeit" auf bis 1921)

August Stadler (Hrsg.), Heimatblätter Bad Reichenhall, aus den Beilagen des Reichenhaller Tagblatts und des Freilassinger Anzeigers von Erna Pranz zusammengestellt, ohne Datum

Hubert Vogel, Geschichte von Bad Reichenhall, Verlag des Historischen Vereins von Oberbayern, 1971

Fritz Hofmann (Stadtheimatpfleger), Stadt Bad Reichenhall (Hrsg.), Reichenhaller Salzbibliothek, Bd. 1 1994, Bd. 2 1995

Verein für Heimatkunde e.V. (Hrsg.), Albin Kühnel, Johannes Lang, Halt Zoll!, Bad Reichenhall, 2010

Landratsamt Berchtesgaden (Hrsg.), Karl Welser u.a., 1945 – 1955, Überlebenskraft im Berchtesgadener Land, 1990

Hellmut Schöner (Hrsg.), Die verhinderte Alpenfestung, Anton Plenk Verlag, 1996

## Zur Regional- und Bayerngeschichte:

Henric L. Wuermeling, Volksaufstand, Langen – Müller Verlag, 1980

Wolfgang Behringer, Hexenverfolgung in Bayern, Oldenbourg Verlag, 1987

Marcus Junkelmann, Max Emanuel, Friedrich Puster Verlag, 2018

Benno Hubensteiner, Bayerische Geschichte, Süddeutscher Verlag, 1977

Ludwig Schrott, Bayerische Weltfahrer, Süddeutscher Verlag, 1964

## Zu regionaler und überregionaler Kunst und Literatur

Robert Hültner, Tödliches Bayern, btb, 2013, und „Kajetan – Reihe" bei verschiedenen Verlagen

Hans Söllner, Freiheit muss weh tun, Penguin Verlag, 2017

Georg Ringsgwandl, Staffabruck, Trikont CD, 1993

Clemens Eich, Das steinerne Meer, S. Fischer Verlag, 1995

Oskar Maria Graf, Die gezählten Jahre, dtv, 1980

Ders. u.a. Das Leben meiner Mutter, dtv, 1982, Die Chronik von Flechting, dtv, 1979

Erich Kästner, Der kleine Grenzverkehr, Atrium Verlag, Neuausgabe, 2008

Franz Xaver Kroetz, Chiemgauer Geschichten, Kiepenheuer & Witsch, 1977

Josef Bierbichler, Mittelreich, Suhrkamp Verlag, 2011

## Zu Inspirationen und Assoziationen

Ernst Bloch, Das Prinzip Hoffnung, Suhrkamp Verlag, 1976

Ders. Die Fabel des Menenius Agrippa, in: Vom Hasard zur Katastrophe, Politische Aufsätze, Suhrkamp Verlag, 1972

Hartmut Rosa, Beschleunigung, Suhrkamp Verlag, 2005

John Williams, Stoner, dtv, 2018

Jean Amery, Jenseits von Schuld und Sühne, dtv, 1988

Theodor Lessing, Geschichte ab Sinngebung des Sinnlosen, Matthes & Seitz, 1983

Hans Magnus Enzensberger, Der kurze Sommer der Anarchie, Suhrkamp Verlag, 1981

Hermann Göring, Stalingrad – der größte Heroenkampf unserer Geschichte, Völkischer Beobachter, 2.2.1943, hier zitiert nach: http://schneelaeufer.de/wiki/images/8/83/Grimm-Werlein-Schule-Nibelungnlied_im_Nationalsozialismus.pdf, S. 3 (28.6.2019)

Gerald Hüther, Die Macht der inneren Bilder, Vandenhoek & und Ruprecht, 2010

Armin Nassehi, Peter Felixberger (Hrsg.), Heimatt, Kursbuch 198, Kursbuch Kulturstiftung, 2019

Stefan Mahlke (Hrsg.), Welt in Bewegung, Atlas der Globalisierung, le monde diplomatique, 2019

Antonio Machado, Wanderer, es gibt keinen Weg, Wege entstehen beim Gehen, hier zitiert nach https://www.aphorismen.de/suche?f_autor=5666_Antonio+Machado+y+Ruiz (29.6.2019)

## Vorschau

Wanderungen sind andere „Spaziergänge durch Zeit und Raum".
Die „Via degli Dei" nach Fertigstellung des Manuskripts zum
Kramerhaus ließ die Idee einer weiteren Sammlung von Skizzen
und Steiflichtern mit dem Arbeitstitel „Augenblicke" entstehen.

## Wege im Juli 2019

Am Passo di Pellegrino, Fassatal, kommt der „Sentiero della Pace"
von Süden her am Col Margherita vorbei und führt weiter über
die Bergvagabundenhütte am Passo di Selle Richtung Marmolada
nach Norden.

Den Sentiero säumen Stellungen und Unterstände, durch kleine
Tunnel kann man gebückt gehen und einen Blick hinunter auf
Straßen und Wege auf die andere Seite des Hanges werfen – niedrig, eng und feucht präsentieren sich die von alten, verwitterten
Balken gestützten Höhlen, in die sich vor über 100 Jahren junge
Männer kauerten im Kampf gegen Kälte, Nässe, Hunger und gegen die gleichaltrigen Gegner, die vielleicht vor einigen Jahren
noch Bergkameraden waren und nun Feinde sein sollten. Im Süden schanzen die italienischen Truppen, im Norden lauern die österreichischen Kaiserjäger, oft auf Sichtweite oder gar in Steinwurfnähe. Wochenlang, über Monate und Jahre hinweg, sommers
wie winters. Nichts geht voran. Lawinen und Unfalle dezimieren
die Reihen fast mehr noch als gegnerische Bombardements und
Spähtrupps.

Alessandro Sylvestri ist Musiker, Komponist und Organist. Einem Einsatz in Libyen kann er sich noch durch Flucht entziehen,
er wird aber gefangen genommen und nach einer Haftstrafe an
die Alpenfront geschickt. Sein Tagebuch ist erhalten und bildet
die Grundlage für ein Konzert der „Suoni degli Dolomiti" am Col
Margherita. Tausende Menschen jeglichen Alters machen sich vor
dem Morgengrauen auf den Weg, die Bergbahn nimmt ab 3h ihren Dienst auf, manche sind schon am Vortag hochgewandert

und zelten vor Ort. „Und währenddessen wird es gespielt" beginnt kurz vor Sonnenaufgang gegen 6h. Nach einer Idee von Mario Brunello und Alessandro Barrico und mit der Musik von Giovanni Sollima trägt der Schauspieler Neri Marcone aus dem Diario des Alessandro Sylvestri vor und schlägt eine Brücke vom Beginn des 20. Jahrhunderts bis in unsere Gegenwart. „Im Mittelpunkt stehen Musik, Frieden, Stille und der Widerstand gegen die Schrecken des Krieges." Nicht denkbar, dass hier eine/r Salvini und ähnliche Politiker in Europa wählt.

Nahe 0 hatte es in der Morgendämmerung am Pellegrino. Einige Stunden später kommen wir bei über 30 im Schatten in Bologna an, dem Start der „Via degli Dei", die in einer sechstägigen Wanderung über den Apennin nach Florenz führt. Seinen Namen hat der Weg von einigen Erhebungen, die wohl seit antiken Zeiten nach griechischen Gottheiten benannt sind: Monte Adone, Monte Venere und Monzuno (Monte Juno).

Zwischen diesen Hügeln quert man die „Linea Gotica", hinter der die NS – Truppen den Vorstoß der Alliierten ab 1943 von Süden her abwehren wollten. Die „Gotenstellung" führte auf über 330 km von Carrara im Westen bis nach Rimini an der Adria und konnte erst nach verlustreichen Kämpfen im April 1945 überwunden werden. Von den Toten kündet der deutsche Soldatenfriedhof am „Passo della Futa". Die Soldaten wurden aus den umliegenden Feldgräbern und Gemeindefriedhöfen hierhin umgebettet und zum Teil dabei auch identifiziert. Mit 30.683 bestatteten Gefallenen ist er der größte deutsche Soldatenfriedhof in Italien. Für eine Besichtigung ist es an diesem Nachmittag schlicht zu heiß, umfasst das Areal doch 12 ha mit 16.000 Steinplatten aus Granit über 72 Grabfeldern, die von einer 2000 m langen Mauer umfasst sind. Am höchsten Punkt des Friedhofes steht das Hauptmonument, das am Ende als Teil der spiralförmigen Mauer pyramidenähnlich ansteigt. Dieser letzte Teil der Mauer schließt den Ehrenhof ein, unter dem sich die Krypta mit 397 Gräbern befindet.

An den Kämpfen beteiligten sich auch italienische Partisanen, die in Monzuno einen ihrer Stützpunkte hatten. Dort führte Mario Brunolesi den Widerstand an, wegen seines Mutes „il Lupo" genannt. Er war einer der führenden Kräfte in der Organisation „Stella Rossa", die sich die jugoslawischen Kämpfer unter Tito zum Vorbild genommen hatte und ihre Operationen an der „Linea Gotica" in der Nähe des nahen Dorfes Marzabotto konzentrierte. Dieses Dorf erlangt traurige Berühmtheit durch ein Massaker zwischen 29. Sept. und 1.Okt. 1944, das SS – Truppen mit Beteiligung der Wehrmacht an der Zivilbevölkerung verübten. Über 770 Zivilisten wurden ermordet, vor allem alte Männer, Frauen und Kinder. Die Liste der 770 Opfer enthält Namen und Geburtsdaten von 213 Kindern unter 13 Jahren, aber keine Männer oder Frauen im wehrfähigen Alter. Die SS bezeichnete das Kriegsverbrechen als „Strafaktion", die sich gegen „Banditen und Bandenhelfer" gerichtet habe.

Sieht man am Eingang des Soldatenfriedhofs Bilder von Gefallenen und liest in Briefen, die sie ihren Angehörigen geschrieben haben oder in Trauerworten, die Letztere an ihre Brüder und Väter gerichtet haben, dann kann man sich die Entmenschlichung im täglichen Kampf, die Beteiligung an Massakern und das Hinrichten von Wehrlosen kaum vorstellen. Die Unfassbarkeit des Realen. Und man empfindet Dankbarkeit für ein eigenes Leben in kriegslosen Zeiten vor Ort, für ein ruhiges Wandern auf diesen Pfaden, für die gastliche Aufnahme in den Albergi und für freundliche Worte unterwegs.

Der kriegerische Beigeschmack der „Via degli Dei" ist keine Erfindung des letzten Jahrhunderts. Über weite Strecken verläuft der Wanderweg parallel zu antiken „Via Flaminia Militare" (auch „via flaminia minor"), die ab 187 v. Chr. zwischen Bononia (heute Bologna) und Arretium (Arezzo) entlang eines etruskischen Handelsweges angelegt wurde und heute noch in Teilen erhalten und sichtbar ist. Bononia war eine etruskische Siedlung namens Felsina, die im 5. Jh. v. Chr. von den keltischen Boiern erobert und 189 v. Chr. ins römische Reich einverleibt wurde. Man kann sich römische Legionen vorstellen, die über 2000 Jahre vor den Alliierten hier nach Norden zogen und die Boier nachhaltig und erbittert bekämpften, waren diese doch Verbündete Hannibals im 2. Punischen Krieg (bis 200 v. Chr.) gewesen. Mit dem Sieg über die Kelten und über Karthago sicherten die Römer ihre Herrschaft über ganz (Nord-) Italien, sie vertrieben die Boier über die Alpen, wo diese dem späteren Böhmen ihren Namen gaben.

Es gibt auch friedlichere Wege in der Gegend. In Florenz beginnt die „Via di San Francesco". Der Pilgerweg führt auf den Spuren des Franz von Assisi über den Apennin hinweg und durch die Städte San Sepolcro, Gubbio und die Geburtsstadt des Heiligen bis nach Rom. Dieser Weg, vor Jahren habe ich ihn begonnen, ist schöner, weil mehr durch die Natur führend, als die „Via Francigena", auf die wir in Bolsena treffen.

Der heute rekonstruierte „Frankenweg" folgt den Angaben des Erzbischofs Siegerich von Canterbury, der 990 n.Chr. nach Rom zu den Gräbern der Apostel Petrus und Paulus pilgerte und seine Stationen schriftlich festhielt. Sein Reisetagbuch wird heute in der British Library in London aufbewahrt. Setzt man eine durchschnittliche Reisegeschwindigkeit von 20 Kilometern pro Tag an, scheinen für die insgesamt etwa 1.600 Kilometer lange Distanz zu Fuß 80 Tage durchaus realistisch, vielleicht aber auch etwas geschönt. Nicht jeden Tag wird er gegangen sein, und nicht immer scheinen mir die 20 km/ Tag angesichts von Landschaft und Wetter gesichert. Einer seiner Nachfolger auf der Via Francigena war der Prälat Johannes Fugger im Jahre 1111 n. Chr. Er war wohl keiner der asketischen Pilger, schickte er doch der Legende nach immer einen Diener voraus mit dem Auftrag, bei Gasthöfen mit gutem Wein ein „est" (lat. „es ist" ode: es gibt hier einen trinkbaren Tropfen). In Montefiascone, nahe Bolsena gelegen, fand der Prälat dann ein „est! est!! est!!!" an einer Schanktür, und in der Tat mundete ihm der Wein so gut, dass er den Genuss übertrieb und sich am Wein zu Tode trank. Daran erinnert ein steinernes Fass nahe der Kelterei, die den Est! Est!!, Est!!! herstellt und vertreibt, mehr noch ein Epitaph auf seinem Grabstein in der Kirche San Flaviano: „Est est est pr(opter) nim(ium) est hic Jo(hannes) de Fu(kris) do(minus) meus mortuus est", also: „wegen zu viel Est, est, est ist hier mein herr Johannes Fugger gestorben." Ob die Geschichte nun stimmt, sei dahin gestellt; aber noch lang wurde jährlich an seinem Grab ein Fass Wein vergossen bzw. frei ausgeschenkt.

In Bolsena sehen wir viele Jugendgruppen, die in einer der Pilgerherbergen Rast machen und übernachten. Sie sind in Uniformen unterwegs, die an Pfadfinder oder kirchliche oder politische Organisationen erinnern. Mal sind Mädels und Jungs und getrennt, mal in gemischten Verbänden auf Wanderschaft, und immer versammeln sie sich abends vor der Kirche zu einer Art Appell. Es ist die Kirche Santa Christina, in deren Katakombe sich im Jahre 1263 n.Chr. ein anderer Pilger verewigte. Ein böhmischer Priester, unterwegs nach Rom und an der Wandlung von Brot und Wein in den Leib und das Blut Christi (Transsubstantiation) zweifelnd, brach in der Messe eine Hostie, aus der dann – der Legende nach– Blut auf den Altar tropfte. Papst Urban IV. richtete daraufhin das Fronleichnamsfest ein, das bis heute als Prozession und Demonstration der katholischen Kirche gefeiert wird. Das passt zum Appell, der bisweilen militärische Anklänge hat und verstören kann. Zelebrieren sie ihre Gemeinschaft und sind bei sich oder stehen sie fremdbestimmt im Dienste übergeordneter Interessen? Ich weiß es nicht. Den meist fröhlichen Gesichtern ist kein Argwohn anzusehen, aber das lese ich auch nicht in den Gesichtern der toten Soldaten am Passo della Futa. Jedenfalls sind sie friedlich unterwegs, täglich an die Hundert junger Menschen, die durch Bolsena Richtung Rom ziehen, wohin bekanntlich alle Wege führen. Ein ander Mal.